Meine treuen Begleiter.

Meine Leidenschaft.

Herstellung und Verlag:

BoD – Books on Demand

Norderstedt

ISBN: 978-3-7460-8906-5

Die Urheberrechte verbleiben bei den Autoren.

Umschlaggestaltung: Günter Richter

Fotos: Oliver Meenken
                        Günter Richter

Texterfassung: Günter Richter

Herstellung und Verlag: BoD –
                        Books on Demand
                        Norderstedt

Zu den Autoren

Dieses Werk wurde ausschließlich von unbekannten Autoren geschrieben.
Sie möchten ihnen damit Mut zusprechen, in dieser sehr schwierigen Zeit.
 Das Leben bejahend, der Natur zu gewandt, die Freiheit liebend und dem Humanismus die Ehre erweisend, dieses sind ihre Ideale.
Die Autoren schreiben nicht das erste Mal. Sie haben bereits Erfahrungen gesammelt in der zurückliegenden Zeit.
Liebe Leserinnen und Leser wir Wünschen ihnen viel Kurzweil mit diesem Büchlein.

**Bibliografische Information der Deutschen
Nationalbibliothek.
Die Deutsche Nationalbibliothek verzeichnet diese
Publikation in der Deutschen Nationalbibliothek,
detaillierte bibliografische Daten sind im Internet über
http//dnb.dnb.de   abrufbar.**

2018 PAUL

ISBN: 9783746089065

Eine Kleine

Anthologie

KURZGESCHICHTEN

FÜR

UNTERWEGS.

GESCHICHTEN FÜR

JEDES ALTER GEEIGNET.

Verfasser: unbekannt

Bücher

Bücher: **Sind sie nicht das Tor zur weiten Welt?**

Bücher: **Sind sie nicht das Wissen vergangener Zeit?**

Bücher: **Sind sie nicht das Wissen Heutiger Zeit?**

Bücher: **Schenken sie uns nicht eine Eigene Welt?**

Bücher: **Machen sie uns nicht vertraut mit fremden Dingen.**

Bücher: **Schön, dass es sie gibt, darum haltet sie hoch und in Ehren!**

Paul

Der Campingplatz-ihre Lebensphilosophie

Der Campingplatz wurde mir durch Zufall bekannt. Ich habe ihn besucht, noch bevor die Saison begonnen hatte. Dennoch habe ich mich sofort in den Campingplatz verliebt.
Eine Frischluftidylle am „Alten Mulde-Arm" in der Gemeinde Löbnitz (Sachsen).
Für die Statistiker unter den Lesern:
„Der Campingplatz ist ein naturbelassener, ebener Rasenplatz mit 40 Dauercampingplätzen und ebenso vielen Kurzcamper Möglichkeiten. Die Versorgung der Campinggäste ist aufgrund der intakten Infrastruktur der Gemeinde Löbnitz gegeben.
Auskunft und Buchung: über die Familie Wähnelt, direkt auf dem Campingplatz (Tel.:01628806298) oder in der Gemeindeverwaltung des Ortes Löbnitz (Tel.: 0342087890).
Auch mittels der E-Mail-Adresse:
loebnitz@kin-sachsen.de
sind Buchungen möglich."
Der Campingplatz ist geprägt durch die Aktivitäten und Initiativen der Familie Marianne und Reinhart Wähnelt.
Obwohl beide auch schon im fortgeschrittenen jugendlichen Alter sind, kümmern sie sich ehrenamtlich und natürlich auch unentgeltlich um alle Belange auf dem Campingplatz.
Dazu gehören unter anderem, die Abrechnung der Campinggäste, die Sauberkeit der Sozialcontainer und vieles andere mehr. Dass Ehepaar bleibt in der gesamten Saison auf dem Platz. Ihr Aufenthalt wird lediglich unterbrochen durch den eigenen wohlverdienten Urlaub.
Seit nunmehr 15 Jahren leistet das Ehepaar Wähnelt ehrenamtliche Tätigkeit auf dem Campingplatz" Alter Mulde-Arm" für die Gemeinde Löbnitz.
Seit frühester Jugend sind die Eheleute Marianne und Reinhart Wähnelt Camper mit Leib und Seele. Dieses Kleinod in Löbnitz hatte es ihnen angetan. Daran konnten auch die Flutwellen 2002 und 2013 nichts ändern. Sehr vieles wurde vom Wasser zerstört, oder fiel dem Schimmel zum Opfer.

Dem eisernen Willen des Ehepaares ist es zu verdanken, dass der Campingplatz „Alter Mulde-Arm" auch aus Schlamm und Geröll immer wieder erwachte. Denn an ihrer Seite, wusste die Familie Wähnelt, die Gemeindeverwaltung Löbnitz mit hilfreicher Unterstützung.

Die verschworene Gemeinschaft der Dauercamper war ebenfalls immer zur Stelle, wenn es galt anzupacken und aus dem Schlamm und Geröll einen Neuanfang, auf dem Platz, zu gestallten.

Der Campingvirus sitzt so tief, dass er ihnen stets half, alle Hindernisse zu überwinden. Sie sind diesem Platz seit nunmehr 40 Jahren treu geblieben.

Noch besser ist es, dass der Campervirus bereits die Kinder und Enkelkinder infiziert hat, denn diese sind ebenfalls Dauercamper auf diesem Platz.

Die Campinfreunde schätzen die Tätigkeit der Familie Wähnelt sehr und haben dies in einem Dankesschreiben auch zum Ausdruck gebracht.

Ich zitiere:

„........wir fühlen uns sehr wohl und sicher!

DANKE-für Ordnung und Sauberkeit.

DANKE-für die Fürsorge und Aufsicht bei Tag und in
            der Nacht.

DANKE- fürs Rasen mähen.

DANKE- fürs Unkraut jäten."

Die Familie Wähnelt hütet diesen Platz wie ihren Augapfel. Sie sind immer zur Stelle, ganz gleich, wo Hilfe benötigt wird.
Sie organisieren einfach alles. Das reicht von der Ausgabe der Müllsäcke, die Abfuhr von Müll und die Sauberkeit auf dem Entsorgungsbereich. Die Bereitstellung der Abfallbehälter zum Abtransport und der Rücktransport der entleerten Behälter auf ihren angestammten Platz. Dann ergeben sich noch so viele

Kleinigkeiten, die sich nicht alle aufzählen lassen. Alles wird von ihnen mit einer Selbstverständlichkeit erledigt, ohne zu fragen, welche Gegenleistung erhalten wir dafür.

Wir wünschen dem Camperehepaar Wähnelt ein recht langes gesundes Leben, nicht ohne den Eigennutz zu wissen,
 dass dies, diesem Platz, ihrem Campingplatz, zum Wohle gereicht!

Paul
Der Segelflug

Segelfliegen-meine Leidenschaft.
Eigentlich ist es im September schon zu spät, um solch eine Unternehmung zu beginnen.
Die Strahlen der Sonne stehen schon tief und können die Luft kaum noch so stark erwärmen, dass daraus Thermik entstehen kann. Thermik ist aufsteigende erwärmte Luft. Aber alldem zum Trotze hatten im herrlichsten Sonnenschein die Segelflieger ihre Segelflugzeuge aufgestellt.
Die Formalitäten für einen Mitflug, im Segelflugzeug, waren schnell erledigt. Wir hatten uns auf einen Motorschleppflug in eine Höhe von 1000 m verständigt.
 Nach kurzer Zeit schon kam die Startgenehmigung. Wir gingen zum Segelflugzeug und legten mir den Fallschirm an.
 Das Einsteigen in das doppelsitzige Segelflugzeug verlangte schon einige akrobatische Fertigkeiten. Du stehst in halb gebückter Stellung im Segelflugzeug und musst dich dann über den Steuerknüppel hinweg, mit samt dem aufgeschnallten Fallschirm in die Sitzmulde der Maschine fallen lassen.
 Sooo - geschafft. Du sitzt fast versenkt, eingeengt wie in einer Mausefalle, im Rumpf des Segelflugzeugs. Rechts und links, an dir vorbei verlaufen Gestänge in den Innenraum des Segelflugzeuges. Vor dir ist der Steuerknüppel des Flugschülers

und am Boden des Segelflugzeuges, direkt neben dem Pilotensitz sind die Fußhebel angeordnet.

All diese Dinge darfst du nicht berühren oder blockieren, denn das hätte fatale Folgen.

Die Bedienung obliegt nur dem Piloten.

Bevor dieser einsteigt, erklärt er dir dein Verhalten im Ernstfall, vor allem, wie du die Reißleine des Fallschirmes aktivierst, bevor du das Segelflugzeug verlässt.

Ich glaube nicht, dass es mir gelingen würde, in 1000 m Höhe den Segelflieger zu verlassen. Bevor ich aus meiner Sitzposition heraus die Kanzel verlassen könnte, wäre der Segelflieger schon längst am Boden zerschellt.

Die letzten Abstimmungen zwischen dem Piloten des Motorflugzeuges und dem Piloten des Segelfliegers sind kurz und die Flugreise kann beginnen.

Der Motor des Schleppflugzeuges wird auf Touren gebracht, ein Helfer hebt den Flügel des Segelflugzeuges an und nun zieht der Motorflieger an. Das Schleppseil zwischen den Flugzeugen spannt sich und du merkst lieber Leser, wie der Segelflieger über den Rasen holpert. Der Helfer wird nach einigen begleitenden Schritten die Tragfläche des Segelflugzeuges loslassen.

Nun geht es in den Himmel. Der Motorflieger hebt als Erster ab und das Segelflugzeug folgt ihm. Ein Wohlgefühl überkommt dich in diesem Moment. Kein Gefühl der Angst, kein Gedanke daran es könnte etwas passieren. Du genießt das Gefühl, von der Erde losgelöst zu schweben.

Dann dauert es noch einige Minuten, ehe der Motorflieger mit seinem, im Schlepptau hängenden Segelflieger, die vorbestimmte Flughöhe von 1000 m erreicht.

Auf dem Flug dorthin gibt es Turbulenzen und der Segelflieger am Zugseil tanzt, wie der Schwanz eines Drachens, hinter dem Motorflieger her.

Die zunehmende Flughöhe lässt sich am Höhenmesser verfolgen. Sobald die vorgesehene Flughöhe erreicht ist, sucht der Segelflugpilot nach Thermik. Die das Segelflugzeug tragen kann.

Auch dies kannst du am Instrument verfolgen.

Dann plötzlich ist die Thermik da, 3 m/s. Der Pilot klinkt das Schleppseil aus und wir sind frei wie die Vögel.

Um das Segelflugzeug in der Thermik weiter aufsteigen zu lassen, stellt der Segelflugpilot das Flugzeug auf einen Flügel. Das bedeutet, ein Flügel des Segelflugzeuges zeigt in den Himmel und der andere Flügel des Segelflugzeuges zeigt zur Erde.

Nun beginnt der Segelflugzeugpilot die Maschine über den Flügel, der zur Erde zeigt, kreisen zu lassen. Das Flugzeug nimmt die aufstrebende Thermik an und wird mit ihr weiter nach oben getragen, das Flugzeug gewinnt an Höhe.

Wie schnell das Flugzeug steigt, kannst du am Messgerät verfolgen und den Höhengewinn am Höhenmesser ablesen.

Die Sitzposition in dieser Flugsituation ist eher ein Liegen auf der Seite und du schaust nach unten auf die sich drehende Erde.

Der Magen muss schon intakt sein, sonst würde er versuchen seinen Inhalt wieder zurückzugeben.

So geht es weitere 600 Höhenmeter auf 1600 m hinauf. Nach dem Steigflug geht es dann über in den Gleitflug.

Du fühlst dich vogelfrei. Ein unbeschreibliches Wohlgefühl ergreift dich. Am liebsten möchtest du schreien oder singst vor Freude.

In dieser Höhe bietet sich dir ein fantastischer Ausblick nach allen Seiten. Die Gegend sieht aus, als käme sie aus einem Spielzeugland. Die Eindrücke sind völlig neu. Du weißt nicht, wohin du zuerst schauen sollst. Es ist einfach überwältigend und schön. Das Neue fesselt dich so sehr, dass du nicht einmal merkst, wie die Zeit vergeht und welche enormen Entfernungen ihr mit dem Segelflugzeug zurückgelegt habt.

Dann lässt die Thermik nach und das Segelflugzeug beginnt zu sinken. Der Pilot hält Ausschau, wo wider Thermik zu erreichen wäre. Er entdeckt eine dunkle Wolke und steuert das Segelflugzeug in diese Richtung. Er fliegt direkt unter diese Wolke und tatsächlich das Segelflugzeug beginnt wieder zu steigen. Der Pilot stellt das Segelflugzeug wieder in die Thermik und schraubt es nach oben. Wir kommen der gespenstisch wirkenden Wolke immer näher.

Es macht ein wenig Angst.

Bevor wir in die Wolke eintauchen, geht der Pilot wieder in den Gleitflug über und sagt: „Wir wollen ja was sehen." Recht hat er. Ich kann mich von hier oben nicht sattsehen an all den Dingen.

Durch das Kreisen des Flugzeuges geht die Orientierung sehr schnell verloren.

Dann kommt die Frage vom Piloten;" weißt du, was freier Fall ist?" Ja sage ich.

Soll ich dir das einmal vorführen?

Ja sehr gerne antworte ich und der Pilot zieht die Maschine steil nach oben bis in den Zenit.

Dann lässt er das Segelflugzeug mit der Nase zuerst steil nach unten fallen. Im gleichen Moment bewegt sich alles in der Maschine. Alles, was nicht angeschnallt ist, fliegt nach oben. Ich verliere den Kontakt zum Sitz und der Fallschirm wiegt nichts mehr. Ich hänge in den Anschnallgurten.

Nach einigen Sekunden fängt er das Segelflugzeug wieder ab und du wirst mit Macht zurück auf den Sitz gedrückt.

Durch diese Aktion haben wir sehr viel Höhe verloren.

Der Flugplatz ist in Sicht, wir gehen zum Landeanflug über.

Das Segelflugzeug setzt sanft auf und kommt nach einigen hundert Metern zum Stehen.

Ein wunderschönes Erlebnis ist zu Ende. Es wird noch sehr lange in mir nachklingen.

DANKE AN DEN PILOTEN.

Paul

Verschmähte Liebe,
oder
das Fahrrad nur zum Klingeln?

Dieser Vergleich ist in höchstem Maße zutreffend!

Mit der Liebe ist es so eine Sache. Sie kommt ganz unverhofft, wie eine Grippeerkrankung. Sie kann jeden treffen, in jedem Alter, zu jeder Zeit, ob der Betroffene dies möchte oder nicht. Plötzlich sieht der Infizierte, das Opfer seiner Begierde, in einem völlig neuem – verändertem Licht.

Der Volksmund spricht von einer rosaroten Brille.

Er fühlt sich zu diesem Partner hingezogen, er möchte ihn sehen, Blicke tauschen, die Stimme hören, ihn zärtlich berühren.

Es entwickelt sich ein durch nichts zu unterdrückendes Gefühl der Zuneigung zu diesem Menschen. Das Begehren ihn zu streicheln, zu küssen und mehr.

Doch, was geschieht, im begehrten Partner?

Ist es Liebe auf den ersten Blick, geht in diesem Partner genau das Gleiche vor, wie soeben beschrieben.

Diese Partner fallen sich in die Arme und genießen die Zeit der rosaroten Brille in vollen Zügen. Sie lernen in dieser Zeit miteinander umzugehen, sich zu achten und zu ehren. Diese Menschen sind einfach _nur_ glücklich.

Diese Verbindung hat Bestand.

Doch wie sieht es aus in unserer rastlosen, sehr materiell eingestellten Welt?

Was verstehen wir heute unter der Liebe des Herzens?

Die Liebe des Einen wird vom Anderen nicht sofort erwidert – man könnte ja jemanden finden mit einer höheren Position und so mit über mehr finanzielle Mittel verfügen. Oder einen geeigneteren Partner für Haus und Hof um das Anwesen zu verschönern oder instand zu halten.

Dann ist es so, der liebende Partner ist bereit, alles zu geben, zu teilen ohne zu fragen was erhalte ich dafür, was wird in einigen Jahren sein?

Der angebetete Partner hingegen ist ein Spieler.

Er hält den liebenden Partner hin, findet dafür hunderte plausibler Ausreden.

Der liebende Partner, in seinem eigentlich kranken Zustand, akzeptiert ohne zu hinterfragen.

Er möchte die reelle Wahrheit nicht wissen.

So wird er über eine lange Zeit am Hoffen gehalten, während der Andere weiter sucht.

Ist das nicht teuflisch und gemein?

Es hat sehr viel von dem Spruch: „Weißt du, was gemein ist?" Du stößt die Oma die Kellertreppe hinunter und fragst dann ganz entsetzt: „Heh Alte, warum läufst du so schnell?"

Heute aber leider Gang und gäbe.

Kommt diese Beziehung dann doch zustande, nicht zuletzt, weil der Andere keinen besseren gefunden hat, werden beide niemals das GROSSE GLÜCK erlangen es bleibt der Beigeschmack von aufgewärmtem Kaffee in dieser Beziehung erhalten.

Diese Beziehung ist keine Basis für eine langfristige gleichberechtigte Partnerschaft.

Die schlimme Krankheit Liebe wird im Liebenden über kurz oder lang geheilt, er wird die Welt so nüchtern sehen wie sein Partner.

Er hat aber keine Möglichkeit den zeitlichen Vorteil des anderen einzuholen.

Somit bleiben ihm zwei Möglichkeiten.

Entweder er streckt die Waffen und ist mit der Tatsache zufrieden der Unterlegene zu sein.

Meist geht dies mit dem Sachverhalt einher, dem Alkohol zuzusprechen.

Oder er bricht aus dieser Beziehung aus.

Das heißt Scheidung, verbunden mit Rache und Vergeltung.

Hier schließt sich der Kreis.

Der liebende Partner wird niemals mit seinem geliebten Partner gemeinsam auf diesem Fahrrad in eine Richtung fahren.

Zu unterschiedlich sind die Interessen.

Dem liebenden Partner bleibt nur die Freiheit die Fahrradklingel zu betätigen, denn alles andere bleibt ihm verwehrt.

Paul

Die kleine Getreidefibel

Getreide ist das wichtigste Lebensmittel auf Erden.
Es kann durch nichts ersetzt werden.

Weizen, enthält leicht verdauliches pflanzliches Eiweiß und sehr vitaminreiche Weizenkeime. Er ist reich an Vitamin B1, B2, B6 und vor allem Karotin sowie Kalium, Phosphor, Magnesium und

Kieselsäure. Wegen seiner leichten Verdaulichkeit gilt der Weizen als das bevorzugte Getreide für den geistig aktiven Menschen.

Roggen, ist besonders ballaststoffreich und neben vielen B-Vitaminen liefert er wertvolle Mineralien, vor allem Kalium, Phosphor, Fluor, Kieselsäure und Eisen. Dieses Getreide ist besonders würzig und gibt dem Brot den kräftigen Geschmack.

Gerste, ist unser ältestes Getreide. Sie ist sehr bekömmlich und reich an wertvollen Salzen. Die mineralische Gerste enthält besonders viel Kalium, Phosphor und Kieselsäure. Bei der Gerste sind all diese Mineralien im Unterschied zu den anderen Getreidearten auch im Mehlkörper vorrätig.

Hafer, nimmt eine Sonderstellung unter den Getreidearten ein. Er enthält zu den Vitaminen E, B1, B2 und B6 das seltene Biotin (Vitamin H), ein hochwertiges Pflanzenfett, dazu biologisch wertvolles Eiweiß und zahlreiche Mineralien. Wegen der leichten Verdaulichkeit werden Produkte aus Hafer auch als Kinder – und Diätnährmittel eingesetzt.

Mais, entstand vor 4600 Jahren aus zahlreichen Veredelungen durch die Mayas (Mittelamerika). Er ist besonders kalorienarm und frei von Gluten und Gliadin, hat damit ein sehr hochwertiges, gut verträgliches Eiweiß und eine große Bedeutung in der Ernährung. In vielen südlichen Ländern wird Mais als Hauptnahrungsmittel angebaut und verwendet.

Paul

Eine fast vergessene Rarität!

DAS WELTRECHENBUCH

Von 1909

Diese kleine Kostbarkeit habe ich für 8,00€ auf dem Flohmarkt erstanden. Völlig unscheinbar lag es in einem Haufen Bücher.
Eine Ausgabe von 1909.
Mit diesem kleinen Büchlein im Westentaschenformat erübrigt sich jedes Multiplizieren und Dividieren so Dr., p. a. Söhner.
. Ich zitiere aus dem Vorwort zur 1. bis 3, Auflage: „Das einfache Zahlenrechnen, Multiplizieren und Dividieren, ist eine sehr mechanische und ermüdende Geistesarbeit, wenn nur wenig mehr als einige kurze Rechnungen ausgeführt werden sollen. Dazu kommt, dass auch bei sorgfältiger Ausführung, die dann entsprechend viel Zeit in Anspruch nimmt, die Zuverlässigkeit des Resultates keineswegs feststeht, vielmehr mit der Zahl der notwendigen Operationen auch die Möglichkeit eines Irrtums wächst...Rechenfehler sind oft genug die Quelle endlosen Ärgers und großer Verluste .... Mit der Herausgabe des Notizrechenbuches „SUMMABLITZ" ist beabsichtigt, die großen Vorteile, die mit dem Gebrauch einer Multiplikationstabelle verbunden sind....den weitesten Kreisen zugänglich zu machen,....

In der Form eines eleganten Taschen-Notizbuches will „Summablitz" der unentbehrliche Begleiter eines jeden ..... Sein. ....eine Rechentafel, die nicht zur Hand ist, wenn man sie braucht, ist überhaupt ein unnütz Ding."
Berlin, im Oktober 1909

Dann folgen die unterschiedlichsten Beispiele. Ich muss sagen dieses Rechenbuch, als Hilfsmittel ist ebenso einfach wie genial. Das ist der Beweis dafür, dass unsere Urgroßväter nicht dümmer waren, als wir es heute sind. Sie wussten sich auf einfache Weise zu helfen.
 Ich betrachte dieses Weltrechenbuch als den Taschenrechner unserer Urgroßväter:
 Mithilfe dieses Tabellenbuches kann man nicht nur Multiplizieren und Dividieren, sondern auch höhere Potenzen und Quadratzahlen berechnen, sowie Quadratwurzel ziehen. Das gesamte System lässt sich in wenigen Stunden erlernen. Voraussetzung ist, dass die Grundrechenarten beherrscht werden,
Es ist außerordentlich schade, dass dieses Wissen in unserer schnelllebigen Zeit untergegangen ist."

Paul

Verirrt im Wald.

 Nur schnell zurück zu den Anderen. Die Warten bestimmt noch, an der gleichen Stelle, auf uns.
 Das Laufen fiel in der Eichenschonung sehr schwer. An der Wiese der Herbstzeitlosen wollten sich Leoni und Günter niederlassen, um auf uns zu warten. Doch da bemerkten sie, dass unmittelbar neben ihnen, sich Wildschweine in einer Pfütze, emsig suhlten.

So schnell, wie die beiden gekommen waren, waren sie auch schon wieder im Wald verschwunden. Sie riefen und lärmten, so laut sie nur konnten.

Doch die Wildschweine nahmen keinerlei Notiz davon.

Sie waren damit beschäftigt, ausgiebige Körperpflege zu betreiben.

Was nun? Auf den Fahrweg hinaus, vor den Wald, trauten sie sich nicht.

Da blieb nur der Weg durch die Eichenschonung und dann noch durch die dunkle Fichtenschonung.

Beides war gar gruselig, denn überall knackte es und zischte und fauchte.

Die Pilze waren ihnen nun egal. Sie warfen diese als unnützen Ballast auf den Waldboden.

Das Laub, im Eichenwald verrottet nur sehr langsam. Es bildet einen dicken Bodenbelag, gerade so als wäre es ein Teppich.

Dieser überdeckt jede Kuhle. Wenn man darauf tritt, sinkt man ein und meist fällt man dann auf die Nase.

Aber heute zählte das alles nichts, nur fort hier.

Endlich! Der Eichenwald lag hinter ihnen.

Leoni rief: „Halt Günter! Ich kann nicht mehr, ich brauche eine Pause!" Erschöpft ließen sie sich unter die erste Fichte fallen.

Doch ihre Ruhe war nur kurz, denn sie lagen in unmittelbarer Nähe eines Ameisenhaufens. Günter war der Erste, der aufsprang, und „Aua! Aua!" Rufend, wie wild umher hüpfte.

Da hatte es auch Leoni getroffen.

Beide hüpften unter der Fichte umher, als wäre es „Rumpelstilzchen" mit seiner Schwester.

Es half aber alles nichts, es musste weiter gehen.

Endlich bei den anderen Kindern angekommen, zerzaust und zerstochen, waren die beiden der Spott aller Kinder.

Opa Karl pflückte noch schnell einige Stängel Sauerampfer, um den Juckreiz der Ameisenquaddeln auf ihren Körpern zu lindern. Der weitere Weg zum Windrad verlief nun ohne weitere Vorkommnisse.

Paul

Der Dachs

Mit Leoni, Solli, Felix und Günter ging ich einen Dachs beobachten.

Seit Anfang der 90er Jahre kenne ich einen Dachsbau, der ständig bewohnt ist. Nun weiß ich nicht, ob es noch immer der gleiche Dachs ist, oder ob die Bewohner gewechselt haben.

In Vorbereitung der Beobachtung habe ich schon vierzehn Tage lang eine Spur mit Honigpopcorn gelegt. Vom Bau Richtung großer Fichte, über eine grasbewachsene Lichtung.

Der Dachs hat diese Spur täglich angenommen. Zuerst am frühen Morgen und dann immer mehr zum Mittag heraus gezögert.

Auf der Lichtung hat der Dachs, bei Sonnenschein, stets eine Pause eingelegt und sich den Pelz wärmen lassen.

Ich glaube, den Dachs interessiert meine Anwesenheit überhaupt nicht mehr.

Wichtig für ihn ist frisch geröstetes Popcorn mit viel Honig.

Wir gehen kurz vor 11.00 Uhr zum Dachsbau. Die Kinder setze ich mit dem Körbchen in die große Fichte.

Ich lege die Spur und steige dann auch auf den Baum.

Aber heute lässt der Dachs sich Zeit, etwas ist heute anders als sonst. Im Dachsbau habe ich Geräusche gehört und endlich, nach einer Stunde warten, steckt er den Kopf zum Bau heraus, dann verschwindet er wieder. So geht das einige Male!

Doch was ist das? Dem ersten Dachs folgt ein Zweiter, gleich großer Geselle.

Zu Beginn streiten sie ständig um das Popcorn, dann laufen sie um die Wette. Jeder möchte die meisten Körner einsammeln. So laut und unvorsichtig habe ich den Dachs noch nie erlebt.

Es sind zwei wunderschöne Exemplare. Sie tragen eine schwarz-weiße Gesichtsmaske und den Kopf ziert ein sehr breiter, weißer Mittelstreifen, gesäumt von schwarzen Streifen, die über Augen und Ohren hinauslaufen. Die Ohren sind zierlich klein und tragen einen weißen Rand. Die Gesamtlänge schätze ich auf ca. achtzig

Zentimeter. Das Gewicht hingegen vermag ich nicht zu schätzen. Doch ließ sich ihr Körperbau mit dem kleiner runder Schweine, auf Dackelbeinen vergleichen. Wenn sie einmal laufen, erinnert ihr Hinterteil an den Entengang.

An den Vorderbeinen sind lange Grabwerkzeuge zu erkennen, die Hinterbeine sind hingegen immer verdeckt. Die Beiden kommen bis unter unseren Baum, dort streiten sie um das letzte Popcorn.

Danach watscheln sie erstaunlich behände zum Bau und verschwinden. Die Kinder freuen sich, denn in freier Wildbahn bekommt man den Dachs äußerst selten zu Gesicht.

Schade, wir hatten keine Kamera dabei.

Paul

Sie lebt im Verborgenen.

Nicht weit von der Wildschweinsuhle am Ellernbach liegt eine Menge totes Holz kreuz und quer im Wald.

Von den dort wachsenden Schlehenbüschen haben wir einige Früchte geerntet.

An dieser Stelle haben wir sie das erste Mal gesehen, sie lag völlig entspannt auf einem alten Stamm in der Sonne.

Wen wollt ihr wissen?

Eine Wildkatze.

Ihre Spuren im Schnee des letzten Winters haben gezeigt, sie hat sich dort in einem alten, hohlen Baum eingerichtet hat.

Die Wildkatze ist größer und viel molliger als unsere Hauskatze. Von der Nasenspitze bis zum Schwanzende hat sie einen Meter Länge.

Ich behaupte, der Schwanz ist buschiger als der Schwanz unserer Hauskatze.

Die Farbe ihres Felles ist auf der Oberseite, also am Rücken, sehr schön gezeichnet.

Der Bereich des Bauches hingegen, kommt mir verwaschen, cremegelb bis Braun vor.
An der Kehle trägt sie einen hellen, ja fast weißen Fleck.
Wenn nicht ihre Größe wäre, ich würde sie glatt für eine Hauskatze halten.
Da die Tiere überaus scheu sind, habe ich sie erst zum vierten Mal sehen können.
Die Wildkatze ist ein Meister der Tarnung, ob sie bisher Junge hatte, vermag ich nicht zu sagen.
Den Spuren im Schnee zufolge dürfte es sich um ein größeres und ein kleineres Tier handeln.
Gemeinsam habe ich beide Exemplare auch noch nicht gesehen.
Ich unterlasse auch jede Störung, um sie nicht von dort zu vertreiben. Ich glaube, die Wildkatze hat sich eingerichtet. Denn es gibt in der angrenzenden Anpflanzung, schon seit Jahren eine Unmenge an Mäusen.
Wenn im Frühjahr der Seidelbast wieder blüht, werde ich ihr wieder einen Besuch abstatten.

Paul

Die Selke

Der Moosmännchenriver

**Im Harz entspringet
aus einem Wiesenquell
- Die Selke –
klein und hell.**

**Auf ihrem Weg zum Falle
muss sie sich krümmen
und winden,
in Bogen ohne Zahl.**

Wird sie nun aufgenommen,
im romantisch Tal
und staut dann,
vor einem Riesenwehr.

Wird klagen und hadern.
mit ihrem Schicksal schwer,
der Mensch, hat ihr genommen,
den freien Lauf.

Paul

Unser Nachbar

Wir haben sehr viele Nachbarn im Wald. Mit allen sind wir gut
Freund, nur mit dem Dachs, der gleich neben uns wohnt,
so nennen wir den Herrn, gibt es immer Probleme.
Er ist ein gar ungeselliges Wesen.
Wenn wir vor unserem Haus spielen, beschwert er sich über den
Lärm, den wir machen. Fliegt einmal der Fußball über den Zaun,
gibt er ihn nicht heraus, oder schneidet ihn sogar kaputt. In das
Dach unseres Vorratshauses hat er Löcher geschlagen und die
Fensterplanen zerschnitten.
Wie soll man mit so einem Nachbarn umgehen?
Wie hättet ihr euch verhalten liebe Leser?
Unser Opa Karl sagt immer zu uns: „Beachtet ihn nicht! Tut so,
als wäre er nicht da. Dann gibt er vielleicht Ruhe."
Aber wer so böse ist wie der Dachs, der findet immer wieder
einen Anlass uns zu belästigen.

Von allen Menschen hier im Wald möchte ihn keiner zum Freund haben.

Niemand wünscht sich so einen Nachbarn.

Dennoch ist der Dachs ein guter Baumeister und viele nehmen seine Dienste in Anspruch.

Zu einer Feier hingegen hat ihn noch niemand eingeladen, da möchte ihn keiner haben.

Im letzten Winter, der für uns sehr hart gewesen ist, da sehr viel Schnee gefallen war, verstopfte uns der Dachs ständig den Hauseingang mit Schnee und freute sich sehr, wenn wir uns dann mühten, den Ausgang wieder freizubekommen.

Wegen dieser Bösartigkeiten haben ihm die Jungen dann einen Streich gespielt.

Sie befestigten einen weißen Zwirnsfaden, den im Schnee keiner sieht, mit einer Reißzwecke an seinem Fensterladen. Auf dem gespannten Zwirnsfaden rieben sie dann mit einem Stock. Das muss sich für den Dachs im Haus fürchterlich angehört haben, er wachte auf, stürmte ins Freie, nur mit Schlafanzug bekleidet bei minus acht Grad Celsius, um den Störenfried zu verjagen.

Die jungen Hans und Günter hatten aber mit der Gießkanne Wasser vor seiner Eingangstür verteilt. Dieses war zu einer richtigen Eisbahn gefroren. Der Dachs rutschte darauf aus und fiel in den tiefen Schnee.

Nun war er außer Rand und Band geraten. Er fluchte und drohte, aber niemand war zu sehen. Kaum hatte er jedoch sein Haus wieder betreten, ging der Lärm von Neuem los. Nun erschien der Dachs hinkend, mit einer Schaufel in der Hand und wollte auf die Übeltäter los, doch sehen konnte er niemanden und musste unverrichteter Dinge, zitternd vor Wut und Kälte, zurück in sein Haus.

War das richtig?

Was meint ihr liebe Leser?

Paul

Der erste Wolf

Eine Nacht im März, es war wieder Vollmond und wir saßen erneut auf dem Hochsitz, um die Wildschweine zu sehen.

Die Wildschweine bekamen wir auch dieses Mal nicht zu Gesicht, es sind eben ganz schlaue Tiere.

Es war bereits kurz vor Mitternacht, als wir klagende-heulende Rufe hörten, sie kamen aus Richtung Süd-Osten.

Die Rufe erklangen und verstummten wieder.

Wir merkten jedoch, dass die Rufe sich näherten.

Schon antworteten die Huskys aus Friedrichshöhe. Das Geheul hörte sich fürchterlich an, so richtig, um Angst zu kriegen.

Da! Am Waldrand ging ein großes Tier auf und ab, gerade so, als hätte es Angst in den Lichtkegel des Mondes zu treten.

Mit den Ferngläsern erkannten wir einen sehr großen Schäferhund, aber nein, das war bestimmt ein Leonberger Rüde, so groß und stattlich.

Die Hunde von Friedrichshöhe hatten sich wieder beruhigt und der große Hund lief am Waldrand entlang, auf unseren Hochstand zu. Circa 70 Meter davor setzte er sich auf die Hinterpfoten und musterte die Umgebung. Dann reckte er die Schnauze nach oben und heulte so laut und schauerlich, dass einem das Blut in den Adern gefror.

Was war das? „Das ist kein Hund, nein das ist ein Wolf!", sagte ich.

Schon antworteten die Hunde von Friedrichshöhe in einem noch schauerlicheren Chor.

Da tauchte auf der anderen Seite des Waldes, aus Richtung Güntersberge, ein weiterer Hund – Wolf auf. Auch er setzte sich auf die Hinterpfoten und antwortete den Rufen des Ersten, aber mit einer wesentlich leiseren-dünneren Stimme.

Dann liefen beide aufeinander zu, der erste Wolf knurrte und zog die Lefzen hoch, sodass wir im Mondlicht die großen Zähne erkennen konnten.

Die Tiere sprangen einander an, dann wich der kleinere Wolf zur Seite und legte sich auf den Rücken.

Edeltraud konnte nicht mehr an sich halten und rief:
„Der frisst ihn auf!“, sprang von der Sitzbank, das Fernglas fiel
herunter und polterte.
Als wir den Blick wieder zu den Wölfen richteten, waren diese
verschwunden.

Paul

Blumen im Winter

In unserer Zeit wird sehr viel über Klimaveränderungen
gesprochen.
Aber Veränderungen im Klima hat es immer gegeben, so auch
die letzte Eiszeit vor ca. 10.000 Jahren.
Mit ihr sind Pflanzen in den Harz gekommen, die eigentlich nur
in skandinavischen Ländern zu Hause sind.
Das trifft auch für die Scharlachflechte zu.
Ich habe den Kindern davon erzählt und dass wir sie jetzt im
Winter finden können.
„Wo wächst denn diese Flechte?“, fragte Evi. Max wollte wissen,
ob wir uns die einmal anschauen können?
„Einverstanden!“, sagte ich, „Heute ist ein schöner sonniger Tag.
Wir haben minus acht Grad Celsius und es liegen nur wenige
Zentimeter Pulverschnee.“
Nach ca. 30 Minuten waren alle abmarschbereit. „Wohin gehen
wir?“, fragt Edeltraud. Ich sagte: „Wir gehen über die Wiese zur
großen Buche und dann folgen wir der alten Poststraße Richtung
Ellernteich. Nach ca. 300 Metern springt der Wald auf der linken
Seite zurück und bildet eine sonnige Lichtung. Auf dieser
Lichtung werden wir unter dem Schnee Blumen mit
scharlachroten Blüten finden.“
Alle schauten mich mitleidig an und meinten wohl, ich wäre
etwas verwirrt.
Aber trotzdem folgten sie mir.
Auf dem Weg dorthin spielten wir Fangen und Verstecken.
Eine Schneeballschlacht mit diesem Schnee wollte nicht so recht
gelingen, es war ein gar lustiges Treiben.

An der beschriebenen Stelle angekommen, warteten alle Kinder auf mich.

Ich sagte: „Einen Moment bitte, ich werde erst einmal nachschauen." So ging ich zum Waldrand und hatte großes Glück, denn der Sturm der letzten Nacht fegte die Lichtung fast schneefrei.

Und da standen die Blumen, winzig klein aber mit scharlachroten Blüten und das mitten im Winter.

Ich winkte die Kinder heran, die übersahen die Blumen im ersten Moment, sie hatten wohl Blumen, so groß wie Tulpen, erwartet. Dann zeigte ich ihnen die winzig kleinen roten Punkte im Schnee. Sie staunten ja sehr über das, was sie sahen.

Nun begann ich ihnen zu berichten, was ich mir vor Jahren erlesen hatte.

Ich erzählte, dass eine Flechte, und in diesem Fall die Scharlachflechte, ihr Aussehen im Laufe eines Jahres so gut wie nicht verändert. Bei der Scharlachflechte ist ein Wechsel von Wachstum- und Ruheperiode nicht zu erkennen. Diese Flechte hier sieht schon seit zehn Jahren immer gleich aus. Der Spätherbst und auch der Winter sind sehr günstige Zeiträume, um die Scharlachflechte zu beobachten. Diese Flechte ist eine häufige Art im Harz und in den letzten fünf Jahren sehr auf dem Vormarsch. Die gesamte Pflanze ist leicht grünlichgrau und besonders zu den oben genannten Zeiten mit stecknadelkopfgroßen herrlichen roten Früchten versehen.

Die Farbe dieser Früchte hat der Pflanze ihren Namen „Scharlachflechte" gegeben.

Im Winter fallen diese roten Früchte im weißen Schnee besonders auf.

Die Kinder waren begeistert.

Nachdem alle genug geschaut hatten, ging es wieder nach Hause in die warme Stube.

Paul

Die Eisheiligen

„Wahrheit oder nur eine Sage?", fragen die Kinder.
„Die Eisheiligen (vom 11. bis 15. Mai.) Abwarten, bedeutet doch nur, dass bis Mitte Mai immer noch ein Kälteeinbruch in unseren Breiten vor sich gehen kann.
Empfindliche Pflanzen würden dadurch sehr geschädigt, so z.B. die Kartoffelpflanze.
Alle Teile, die über der Erde sind, erfrieren und müssten neu gebildet werden.
Bei Tomaten würde im Falle eines Kälteeinbruches die gesamte Pflanze vernichtet werden.
Dies betrifft auch viele Sommerblumen.
Wenn man hingegen den langfristigen Wetteraufzeichnungen traut, erfolgt ein solcher Kälteeinbruch aber erst, zumeist um den 20. Mai. Somit sollte man die Eisheiligen in der Zeit vom 19. Mai bis 22. Mai ansiedeln." „Das heißt, also," fuhr mir Hans, der Gärtner, ins Wort, „dass ich meine Tomaten und Paprikaschoten im Harz nicht vor dem 22. Mai pflanzen sollte."
„Das hast du sehr gut erkannt.", antworte ich. Nun haben ja die Eisheiligen auch Namen, woher kommen diese?
Nur kurz dazu:
11.05. Mamertus, war im fünften Jahrhundert ein Bischof,
12.05. Pankratius, wurde als Märtyrer hingerichtet,
13.05. Servatius, war ebenfalls ein Bischof,
14.05. Bonifatius, wurde als Märtyrer hingerichtet,
15.05. Sophia, starb als Märtyrerin.
Mehr Informationen dazu würden diese kleine Geschichte sprengen.
Allgemein müssen wir einschätzen, dass wir nach dem 22. Mai recht sicher vor Nachtfrösten sein können.
„He Förster!", ruft Felix, „Dazu gibt es doch auch noch coole Sprüche, oder?"
„Ja!", antworte ich, „So z.B. Pankratz und Servatius sind zwei böse Brüder, was der Frühling uns gebracht lassen sie erfrieren.
. Oder Mamerz hat ein kaltes Herz."

Paul

Wir sammeln Pilze.

Wir hatten uns sehr früh am Morgen verabredet.

Dann ging es auf Richtung Albrechtshaus, dort wachsen am Südhang des Berges die ersten Pilze und auch die ersten Walderdbeeren.

Wir folgten dem Fahrweg Richtung Stiege und fanden auch die ersten Pilze.

Sie sahen schon von Weitem wunderschön aus.

Die Pilze trugen eine rote Kappe von ca. zwölf Zentimeter Durchmesser und waren mit weißen Punkten geschmückt.

Wisst ihr wie diese Pilze heißen?

Natürlich, das sind Fliegenpilze und die sind giftig.

Ich hielt die Kinder davon ab, sie anzufassen, aber leider kam meine Ermahnung zu spät.

Max und Hans hielten bereits Teile des Pilzes in der Hand.

Ich sagte den Beiden, sie sollen alles fallen lassen und schickte sie sofort zum Händewaschen an den Bach.

Sie kamen wieder mit Schlamm bis zu den Knien, aber sauberen Händen.

Alle mussten herzhaft lachen.

Die Mädchen Evi und Solli neckten die beiden Jungen.

Ich erklärte den Kindern, dass Pilze mit Lamellen unter dem Hut giftig wären, und sie sollten möglichst welche mit einem Schwamm auf der Unterseite suchen.

Aber kaum hatte ich das gesagt, musste ich mich auch schon wieder berichtigen. Denn Leoni und Felix kamen stolz mit einem schokoladenfarbigen Pilz angerannt und sagten zu mir: „Schau mal, wie herrlich der ist!"

Solli und Edeltraud riefen gleichzeitig: „Werft ihn weg, der ist giftig!"

Ich hob ihn jedoch wieder auf und erklärte: „Dieser Pilz ist ein Mohrenköpfchen mit einem dunkelbraunen ja fast schwarzen Stiel und einem ebensolchen Hut. Auf der Unterseite trägt dieser Pilz jedoch schneeweiße Lamellen.

Wenn man den Stiel drückt, tritt ein Tropfen weißer Milch an der Bruchstelle hervor. Dieser Pilz ist in seiner Erscheinung so einmalig und daher genau zu bestimmen. Eine Verwechslung mit einem Doppelgänger ist nicht möglich. Diese Pilze sind essbar und nicht giftig."

So nun für heute genug gelernt und ab nach Hause.

Paul

Die Ernte der Fichtentriebe

Anfang Mai, als die Fichten ausgetrieben hatten, ging ich mit den Jungen in den Wald, diese Fichtentriebe zu sammeln.

Jeder nahm ein kleines Körbchen mit und wir zogen los in den Wald.

Nun wachsen ja im Harz mittlerweile drei Fichtenarten, die sich im Zeitpunkt des Austriebes unterscheiden, des Weiteren in der Wuchsform und in der Art und Farbe der Fichtenzapfen.

Die größte Populationsdichte bildet die in Europa heimische Gemeine Fichte, gefolgt von der sogenannten Hochgebirgsfichte. Die kanadische Stachelfichte hingegen ist ein stattlicher Baum, der zwar etwas langsamer wächst, dafür aber unsere heimische Fichte im ausgewachsenen Zustand um gut zehn Meter überragt. Alle Fichten sind reif für den Holzeinschlag mit achtzig bis hundert Jahren, je nach Standort.

Der Austrieb der Fichten erfolgt in eben dieser Reihenfolge, wie aufgezählt.

Wir sind in ein Seitental der Mordtäler gewandert und haben uns die Triebe der dort wild wachsenden Fichten geholt.

Der Fichtenaustrieb muss geerntet werden, solange die Triebe noch weich sind und von hellgrüner Farbe. Das Ernten mit bloßen Händen führt sehr schnell dazu, dass die Hände völlig mit Baumharz verschmiert sind.

Die Jungen empfanden diese Tatsache als sehr unangenehm. Felix hatte bereits nach kurzer Zeit mehr Baumharz an der Hose als an den Händen.

Max weigerte sich bald, weiter an der Ernte der Fichtentriebe mitzuwirken.

Alle Versuche, die Hände vom Baumharz durch Waschen am Bach zu befreien, scheiterten.

Die jungen Hans und Günter waren sehr fleißig und hatten ihre Körbchen schnell voll.

Danach halfen beide dem Förster, die Körbchen von Max und Felix ebenfalls zu füllen.

Zu Hause angekommen reinigte ich erst einmal den Jungen die Hände.

Mit den Hosen war das wesentlich schwieriger, das übernahmen Edeltraud, Leoni und Solli.

Der Opa Karl schüttelte nur den Kopf. Den Jungen war damit die Lust an der Herstellung von Fichtennadelhustensaft vergangen. Die Mädchen fassten jeden heruntergefallenen Fichtentrieb mit zwei spitzen Fingern an.

Opa Karl hatte in unserer Abwesenheit eine Wanne mit kaltem Wasser gefüllt. Wir entleerten den Inhalt unserer Körbchen dort hinein und wuschen die Fichtentriebe unter mehrmaligem Wasserwechsel.

Das gewaschene Gut kam dann in einen großen Topf und wurde dort unter leichtem Pressen eingefüllt.

Danach mit so viel Wasser gefüllt, dass alle Triebe damit bedeckt waren.

Nun kam ein Deckel auf den Topf und das Ganze musste vierundzwanzig Stunden in einem warmen Raum stehen.

Morgen geht es dann weiter.

Paul

Fichtennadelhustensaft

Als ich am nächsten Morgen bei den Kindern ankam, hatte Opa Karl schon den Ofen angeheizt und wartete darauf, den noch zu fertigenden Sud zu erhitzen.

Dazu musste erst einmal die gesamte Masse vom Vortag durch ein Seihtuch (festes Leinentuch) gegossen werden. Es blieb nicht viel Flüssigkeit über.

Diese wurde gemessen und mit eben so viel Haushaltszucker im Verhältnis 1:1 aufgegossen. Diese Lösung gelangte wieder in den großen Topf und wurde auf ca. 60 Grad Celsius erhitzt.

Nach dem Aufwärmen ließen wir den Sud im Top und achteten darauf, dass die Temperatur im Topf diese magische Grad zahl nicht überstieg.

Niemand von den Kindern wollte mit der klebrigen Flüssigkeit in Verbindung kommen, alle schauten nur von Weitem zu.

Nach mehreren Stunden war die Flüssigkeit eingedampft.
Der zuckerhaltige Saft begann nun in Sirup überzugehen.
Am Ende hatten wir circa zwei Liter Flüssigkeit.

Leoni und Evi waren nun bei der Sache, nachdem sie die
Flüssigkeit im Topf gekostet hatten, denn diese schmeckte wie
Honig, so ihr Urteil.

Viel Wasserdampf musste entweichen. Opa Karl und ich lösten
uns am Topf ab, denn die Masse musste ständig gerührt werden,
damit möglichst viel Wasserdampf entweicht und gleichzeitig die
Masse nicht zu heiß wird.

„Förster darf ich den Hustensaft mal kosten?" „Aber klar!", sagte
ich und ließ etwas von der zähen Flüssigkeit auf eine Untertasse
laufen. Dann reichte ich den Teller zu Max und hielt ihn dabei so
schräg, dass alles hätte, herunter laufen müssen. Max sprang zur
Seite, dann schaute er ungläubig, denn die Flüssigkeit war
eingedickt, wie Honig, und lief nur langsam am Teller herab. Max
kostete sehr vorsichtig und rief: „Das ist ja Honig mit
Fichtengeschmack!" Nun waren alle Kinder zur Stelle, um sich
ihre Kostprobe abzuholen.

Einhellig waren sie der Meinung: „Das ist eine gute
Hustenmedizin!" Die noch heiße Masse gelangte in Gefäße, die,
dicht verschlossen, in den dunklen Keller gestellt wurden.

In jedem Haushalt wurde stets so viel davon hergestellt, dass es
für ein Jahr reichte.

Durch die schonende Methode der Herstellung gehen die
ätherischen Öle der Fichtennadeln nicht verloren, sondern
verbleiben in der Sirupmasse.

Diese ätherischen Öle wirken dann bei Erkältungen und Husten
sehr positiv auf den Organismus.

Paul

Die ersten Walderdbeeren

Die Walderdbeeren blühen bereits seit Anfang Mai.
Aber bisher waren die Tiere des Waldes immer schneller zur Ernte als wir.
Die Walderdbeere sieht genauso aus, wie die, die wir aus unserem Hausgarten kennen.
Wir finden sie an sonnigen Wegrändern und auf Waldlichtungen.
Die Früchte sind viel kleiner als die aus dem Garten, dafür aber viel intensiver im Geschmack.
Mit diesem Wissen ausgerüstet, gingen Opa Karl und ich mit Edeltraud, Leoni, Hans und Günter in den Wald.
Edeltraud fragte mich: „Kriegt man von den Beeren Bauchschmerzen?" Leoni wollte wissen, welche Tiere die Walderdbeeren fressen.
Opa Karl wollte von mir wissen, wie die Früchte haltbar gemacht werden für den Winter.
Die jungen Hans und Günter interessierte, ob die Früchte süß oder sauer sind.
Nun seid ihr an der Reihe, liebe Kinder. Beantwortet doch bitte die Fragen der Kinder!
Ich fasse eure Antworten zusammen: Nach dem Essen bekommt man keine Bauchschmerzen, alle Tiere des Waldes fressen diese Beeren sehr gern, weil sie süß sind.
Dem Opa Karl erklärte ich, dass man daraus Marmelade kochen kann.
Mit einem Korb voller Walderdbeeren gingen wir vergnügt nach Hause.

Paul

Warum kommt Salz in den Kochtopf?

Edeltraud steht am Herd und füllt einen Kochtopf mit Wasser und geschälten Kartoffeln. Dann gibt sie eine Prise Salz hinzu und stellt den Kochtopf auf die Herdplatte.
Nach einer Weile fragt sie mich: „Förster, warum muss ich immer Salz ins Wasser geben, wenn ich Kartoffeln oder Nudeln koche?"
„Das hat zwei Bedeutungen", sage ich, „erstens: Wegen des Geschmacks und zweitens: Das Salz erhöht den Siedepunkt des Wassers. Das heißt, das Wasser verdampft erst später, wenn es bereits heißer ist als einhundert Grad Celsius.
 In dieser größeren Hitze werden die Nudeln und auch die Kartoffeln schneller gar.
 Nun weißt du, warum das Salz ins Wasser muss."

Paul

Die Maus

Im Frühjahr ist groß Reinemachen angesagt, auch bei uns im Keller. Die alten Obststiegen bringt Max ins Freie, unter der letzten Stiege findet er einen Haufen, sorgsam zu einer Kugel geformten, Unrat. Max schiebt ihn auseinander, da springt eine Maus heraus.
Die Mädchen kreischen und verlassen fluchtartig den Keller.
 Die Eimer fallen klirrend zu Boden, die Waschlappen fliegen. Hans rutscht aus und fällt auf den Rücken, die herumirrende Maus hält sein Hosenbein für ein Rohr und rennt hinein.
 Hans schreit herzzerreißend, springt auf, stößt an das Regal mit Marmelade über ihm.
 Ein Knall, das Regalbrett ist aus der Verankerung gerissen, die Marmeladengläser klirren.
Hans geht, von dem mächtigen Schlag auf den Kopf, wieder zu Boden und liegt mitten in den zerbrochenen Marmeladengläsern.

Sein Gesicht ist verschmiert, es sieht aus, als wäre alles blutig.
Opa Karl, von dem Getöse angelockt, kommt in den Keller und sieht Hans dort liegen. „Was ist los mit dir?"

Hans kommt soeben zur Besinnung, schaut sich um und fragt: „Was ist geschehen?" Opa Karl fragt noch einmal: „Was ist los mit dir?"

Hans hebt die Hände und spreizt die Finger, die Marmelade tropft herab.

Opa Karl schnappt Hans am Oberkörper, Max und Günter tragen jeder ein Bein.

So tragen sie Hans ins Bad und stellen ihn unter die Dusche.

Nachdem er gründlich gesäubert wurde, steckte ihn Opa Karl erst einmal ins Bett.

Die Maus ist bei dem Tumult entkommen.

Die Mädchen haben den Keller gereinigt und beim Abendbrot war der Vorfall Thema „Nummer eins".

Hans ist ohne Blessuren davongekommen.

Paul

Der Garten von Hans

Hans hat das ganze Jahr hindurch dem Opa Karl bei der Gartenarbeit geholfen. In diesem Frühjahr nun erhält Hans ein eigenes Stück Land zur Bearbeitung.

Er möchte zwei Beete anlegen, auf dem einen Bett sollten Radieschen und auf dem anderen Salat wachsen.

Hans freut sich schon sehr darauf, die Kulturen wachsen zu sehen. Er schaut jeden Tag nach, ob auf den Beeten schon etwas zu sehen ist.

Aber leider hat sich unter seinen Beeten ein Maulwurf eingerichtet. Jeden Tag aufs Neue schüttet der Maulwurf Hügel auf.

Hans ist darüber sehr verärgert, den Maulwurf werde ich vertreiben, denkt er und überlegte sich eine List.

Zunächst versucht er es mit dem Eingraben einer Flasche, direkt in den Gang des Maulwurfes. Die Flasche wird ohne Korken eingesetzt, sodass Geräusche entstehen, wenn der Wind darüber streicht.

Den Maulwurf hat das nicht gestört, am dritten Tag hat er die Flasche mit angehoben.

Verärgert schimpft Hans: „So ein verflixter Maulwurf, dem werde ich helfen."

Er geht ins Haus und sucht. Wonach, weiß er nicht so recht. Die anderen Geschwister möchte er nicht fragen, denn von denen erhält er jeden Tag Spott und Hohn, wegen seines Maulwurfes.

Er sucht nach übergebliebenen Wunderkerzen und nach Teelichtern.

Wunderkerzen findet er keine, Teelichter sind vorhanden, aber Opa Karl hat verboten, diese anzuzünden.

Heimlich nimmt er sich jedoch ein Teelicht und auch Zündhölzer. Am äußersten Ende des Maulwurfganges stellt er dieses hinein und zündet es an.

Stunden später stellt Opa Karl eine leere Gasflasche vor das Haus. Hans schleicht immer wieder um die Gasflasche herum. Dann probiert er, ob sich der Transportschutz lösen lässt. Nachdem er diesen entfernt hat, wird er übermütig: „Den Maulwurf vertreibe ich mit Gas!", schimpft er.

Er weiß wohl, dass er die Gasflasche nicht anfassen soll, aber da ist sein größter Feind, der Maulwurf, und der muss weg.

Also legt Hans die Gasflasche um und rollt diese an sein Gartenbeet. Dazu öffnet er den Gang des Maulwurfes und lässt Gas hineinfließen.

Wie es zischt und faucht, Hans bekommt es mit der Angst, er rennt einfach weg und versteckt sich hinter der großen Fichte.

Nach kurzer Zeit ist das Zischen zu Ende. Hans geht wieder zur Gasflasche und schließt das Ventil, dann rollt er diese zurück an ihren Platz.

So, dem hab ich es aber gegeben, denkt Hans.

Da ruft Opa Karl zum Abendessen.

Paul

Der große Knall

Der Maulwurf hat den, für ihn üblen, Geruch der Kerze wahrgenommen und einfach den Gang dorthin verstopft.

Nach einiger Zeit bemerkt er von der anderen Seite einen noch übleren Geruch, der Maulwurf verstopft auch diesen Gang.

Doch nach geraumer Zeit kommt der Geruch durch die errichtete Barriere, nun entschließt er sich, seinen Bau zu verlassen.

Als er über der Erde angekommen ist, sieht der Maulwurf, wie eine riesige, rote Walze auf ihn zurollt – die Gasflasche.

Er muss zurück in den Bau, dort angekommen, läuft er zu der Seite, die er als Erstes verstopft hat. Er grub so schnell er konnte. Schon sieht er das Licht der Kerze.

Dann ein lauter, ohrenbetäubender Knall! An mehr kann er sich nicht mehr erinnern.

Die Kinder indes sitzen beim Abendbrot. Opa Karl schenkt gerade Tee aus, als ein ungeheurer Knall ertönt.

Vor Schreck fällt ihm die Teekanne aus der Hand und mit der Kanne auch zwei Trinkbecher.

Die Glasscheibe der Eingangstür klirrt und liegt in tausend Teilen zersplittert im Flur.

Alle sind völlig verängstigt, Hans verschwindet unter dem Tisch.

Opa Karl ruft: „Sofort alle aus dem Haus und lauft zur großen Fichte." Als sich alle dort versammelt haben, sehen sie den verwüsteten Garten.

Der Kirschbaum hat sich zur Seite geneigt, ein Stachelbeerstrauch und ein Johannisbeerstrauch sind verschwunden, sie liegen fünf Meter weiter, vor der Schuppentür.

Der Garten von Hans ist umgepflügt, Opa Karl ahnt Böses und ruft nach Hans.

Doch Hans ist weg, Opa Karl geht ins Haus und findet Hans, noch immer unter dem Tisch sitzend – zitternd vor Angst. „Das wollte ich nicht!", stammelt Hans.

Opa Karl zieht ihn unsanft hervor, der Tisch schwankt und das ganze Geschirr fällt herunter.

In dem Moment hat Opa Karl seine Fassung wieder erlangt, er drückt Hans an sein Herz und sagt nur: „Junge, was machst du für Sachen?"

Paul
Die Moral aus der Geschichte

Opa Karl sitzt mit allen Kindern am Tisch und erklärt: „Nicht umsonst habe ich jedem von euch verboten, mit Zündhölzern umzugehen, genauso wie das Bedienen der Gasflasche.
Hans hatte sehr großes Glück, das ihm nichts Ernsthaftes geschehen ist.
Das hat er seinem, so ungeliebten, Maulwurf zu verdanken.
Hans leitete Gas in das Röhrensystem des Maulwurfes, dieses verteilte sich dort.
Hätte der Maulwurf den Gang zum Teelicht nicht verschlossen, wäre das Gas sofort entzündet worden und es wäre dann bereits zu einer Explosion gekommen.
Nur dem Maulwurf ist es zu verdanken, dass die Explosion verzögert und abgeschwächt wurde.
Durch das Verschließen der Röhre zum Teelicht konnte Hans die Gasflasche wieder zu schrauben und zum Haus zurückrollen.
Dabei hätte er fast den Maulwurf überrollt, so musste dieser zurück in seinen Bau.
Zu diesem Zeitpunkt habe ich euch dann zum Abendbrot gerufen.
Dem Maulwurf wurde der Gestank in der Röhre zu stark, er versuchte, dem zu entgehen, und öffnete den Gang zum Teelicht.
Dort hat sich das Gas dann entzündet und die Explosion ausgelöst.
Die Folgen der Explosion habt ihr ja gesehen.
Also: Hände weg von Streichhölzern, Gasanzündern und Feuerzeugen.
Das Betätigen der Gasflasche ist Sache der Erwachsenen.

Die Gasflasche darf niemals zu etwas Anderem benutzt werden, als vorgesehen.

Das müsst ihr mir versprechen!

Nun zu dir Hans: Dass du so etwas machst, hätte ich von dir nie gedacht.

Die Scheibe der Eingangstür bezahlst du von deinem Taschengeld.

Den Kirschbaum gräbst du aus. Dann bringst du diesen Baum und die Sträucher zur Mülldeponie.

Danach sind im Garten die aufgeworfenen Gräben wieder zu schließen und die Beete neu zu bepflanzen."

Da meldeten sich Max und Günter: „Hans, wir helfen dir", und auch die anderen Kinder stimmten ein.

Ach ja, der Maulwurf ist mit dem Stachelbeerstrauch geflogen und sanft gelandet.

Hans hat ihn am nächsten Morgen gefunden und auf der nahen Wiese ausgesetzt.

Dort darf er so viele Maulwurfshügel heben, wie er möchte.

Nun freut sich auch Hans darüber.

Paul

Eis aus Orchideen

In jeder Eisdiele gibt es eine Eissorte, die als Zutat eine Orchideenart enthält.

Was das glaubt ihr nicht?

Wisst ihr, was ich meine?

Überlegt einmal genau!

Was steckt denn im Vanilleeis?

Die Gewürzvanille ja; das ist eine Orchidee, die in Südamerika und auf Madagaskar beheimatet ist.

Die Früchte dieser Orchideenart sind ca. 30 – 40 Zentimeter lange Schoten.

Diese werden zu Beginn der Reife geerntet und dann getrocknet, danach fermentiert, das heißt, im Geschmacksstoff angereichert, gemahlen und dem Vanilleeis zugegeben.

Wenn ihr genau hinschaut, seht ihr manchmal im Eis winzig kleine, dunkle Punkte, das ist die Vanille.

„Darauf wäre ich nie gekommen!", sagt Max.

. „Können wir uns nicht einmal ein Vanilleeis holen?", fragen die Mädchen.

„Na, dann zieht euch an", sage ich." „Wir gehen zur Eisdiele!" In der Eisdiele bestellt sich natürlich jeder ein Vanilleeis ohne Früchte und ohne Sahne.

Denn jeder möchte die Vanillestücken im Eis sehen.

Paul

Woher kommt unser Essbesteck?

Edeltraud, unsere Küchenfee, wollte einmal wissen, woher unser Essbesteck kommt.

Messer und Löffel, in den unterschiedlichsten Formen, gibt es, solange die Menschheit besteht.

Die Gabel hingegen wurde vom italienischen Adel im 11. Jahrhundert erfunden.

Die Kirche wetterte lange Zeit gegen den Gebrauch der Gabel. Die Begründung lautete; von Gott gegebene Nahrung darf nur mit den von Gott gegebenen Fingern gegessen werden.

Die Gabel galt als Teufels- und Hexenwerk.

Die Gabel im Besteck hat sich erst im 16. Jahrhundert im Bürgertum Europas durchgesetzt.

„Das ist ja seltsam!", entfuhr es Evi.

Die Jungen erreicht diese Aussage nicht. Sie haben längst andere Dinge im Kopf.

Paul
Begann das Jahr immer am 01. Januar.

Lange saß Evi mir gegenüber und sah sich immer wieder das aktuelle Kalenderblatt an.

Dann sah sie mich wieder an und fragte nachdenklich: „Begann das Jahr schon immer am 01. Januar?"

Einen Moment sah ich sie an, denn ich musste erst einmal Überlegen.

Dann antwortete ich: „Nein!"

Erstaunt sah sie mich an: „Wie kann das sein?"

Also begann ich, zu erklären. Erst im Jahr 159 vor Christi wurde der Jahresanfang auf den 01. Januar gelegt.

Noch bei den Römern galt der 15. März ursprünglich als Neujahrstag.

Wie kam es, dass der 01. Januar nun der Jahresbeginn sein solle?

Das hing mit der Berufung des Senator Marcus Flavius Nibilior zum Konsul zusammen.

Er war zu dieser Zeit auf einem Eroberungszug gewesen und nach dessen Rückkehr wurde dieser Tag einfach als Jahresanfang festgelegt.

Das war nun einmal der 01. Januar und dabei blieb es dann auch.

Noch immer sah sie mich nachdenklich an.

Dann mit einem verschmitzten Lächeln in ihrem Gesicht sagt sie plötzlich:

„Da hatten wir aber Glück, dass er nicht im Juli oder August zurückkam!"

Nun musste auch ich lächeln.

Meine Gedanken kreisten nun um die Jahreszeiten und das Wetter.

Obwohl wir es nicht für komisch empfunden hätten, da es schon viele Jahrhunderte so gewesen wäre.

Doch der Gedanke war schon recht lustig.

Paul

Die Stille im Wald

Mit den Kindern im Wald zu sein, ist für jede Seite ein Gewinn. Hier gibt es immer etwas zu entdecken, zu erfragen und neu zu verstehen.

Es ist wunderschön im Wald spazieren zu gehen.

Im Winter, wenn Schnee fällt, ist es in ihm so ruhig, dass man sein eigenes Herz schlagen hört.

Manchmal ist diese Stille für Leute, die es gewöhnt, sind in einer lauten Stadt zu leben, beängstigend.

Dann wieder, wenn der Frost im Walde klirrt, so unter minus zwanzig Grad Celsius, sprechen die Bäume miteinander.

Es knackt hier und knackt dort, nachts sind diese Geräusche sehr laut und gerade zu unheimlich.

Wenn dann der Wind hinzukommt, beginnen die kahlen Äste, besonders der Buchen, zu klingen. Man könnte meinen, in einem Konzertsaal zu sein.

Es beginnt zu rauschen, dann wieder klingt es, als schlüge jemand sehr viele Klanghölzer aneinander.

Das Geräusch kommt auf dich zu, um plötzlich in einer anderen Richtung zu verschwinden und zu verstummen.

Nach der Schneeschmelze im Frühjahr, wenn die Tage wieder länger werden und die Temperaturen steigen, verwandelt sich der, ach so kahle Waldboden, in einen Blütenteppich.

Der dann wieder vergeht, sobald die Bäume ihr Laub tragen. Nun werden sehr viele Geräusche durch das Laub einfach verschluckt.

Es ist dann auch wieder ruhig im Wald, diese Ruhe ist aber eine Andere.

Sie ist geladen mit Spannung, man erwartet schon das nächste Geräusch, den nächtlichen Laut eines Tieres, das Brechen eines Zweiges oder das Funkeln der Irrlichter.

Paul

Der Sommer im Wald

Der Sommer im Wald ist eher laut, aber mit einem herrlichen Klima.

Geh nur einige Schritte hinein in den Wald und dann atme einige Male tief ein und aus.

Schon merkst du, in einer anderen Atmosphäre zu sein, diese tut dir einfach gut.

Bist du im Wald unterwegs und es naht ein Gewitter, merkst du plötzlich eine innere Unruhe. Diese lässt sich nicht erklären, sie ist einfach nur da.

Du spürst, gleich geschieht etwas, dann verstummen zuerst die Vögel, dann auch die anderen Tiere des Waldes.

Diese Ruhe ist gespenstisch, sie gaukelt dir Dinge vor, die nicht existieren.

So siehst du auf einem Weidezaun am Rande des Waldes, wie auf den Drähten Feuer tanzen. Nimmst du einen Stock und hältst ihn in die Flammen, sind sie verschwunden.

Dann setzt auch meist das Gewitter mit voller Wucht ein.

Wenn ein Blitz in einen Baum fährt, wird alles in ein gleißendes, unrealistisch helles Licht getaucht. Es riecht nach Schwefel und verkohltem Holz.

Der getroffene Baum dampft und zischt, von der Spitze bis in die Wurzeln.

Meist ist er in der Mitte gespalten und seine Rinde hängt in Fetzen am Stamm.

Die Temperatur in einem Blitz beträgt über 30.000 Grad Celsius, das ist fünfmal höher als die Oberflächentemperatur der Sonne.

Da die meiste Flüssigkeit im Baum hinter der Rinde zu finden ist und der Blitz auf seinem Weg zur Erde die Bahn mit dem geringsten Widerstand benutzt, wird durch seine extreme Hitze alle Flüssigkeit explosionsartig verdampft.

Durch den sich bildenden Dampf entsteht hinter der Rinde ein sehr hoher Überdruck und die Rinde des Baumes reist auf.

Wenn ihr aufmerksam durch den Wald geht, werdet ihr Bäume mit Blitzeinschlag erkennen.

Schaut nur ordentlich hin.

Es sieht dann aus, als hätte der Baumstamm einen Reißverschluss.

Wenn ihr einmal sehen solltet, wo der Blitz auf Sandboden trifft, dann geht nach dem Gewitter einmal zur Blitzeinschlagstelle.

Ihr findet diese Stelle ganz bestimmt wieder, denn der Sand schmilzt an der Einschlagstelle, dabei entsteht ein Glasklumpen.

Dieses Glas nennen die Geologen Fulgurit.

Der Glasklumpen ist fast immer länglich, manchmal mit einem durchgehenden Loch verziert.

Die Farbe dieses Klumpens ist so unterschiedlich, wie die Farben des Bodens, in den der Blitz einschlägt.

Paul

Der Mond am Horizont

Ein Abendspaziergang im Wald, wenn der Vollmond erscheint, ist herrlich.

Zuerst färbt sich der Horizont, dann steigt er langsam, meist glutrot oder orange, empor.

Seine Größe ist enorm, gar nicht vergleichbar mit dem Mond, den wir Stunden später über uns am Himmelszelt, im Sternenmeer, zu sehen kriegen.

Aber es ist immer der gleiche Mond, den wir sehen. „Warum ist er erst groß und später so klein?", fragte Hans. Ihn beschäftigt das sehr.

Ich versuche, den Sachverhalt, zu erklären: „Die Farbe beim Mondaufgang kommt von der Lichtbrechung in unserer Atmosphäre, hervorgerufen durch winzige Staubpartikel, die sich darin befinden.

Seine Größe ist nur eine optische Täuschung." „Aber wir sehen ihn doch alle so groß am Horizont", fällt mir Leoni ins Wort.

„Diese scheinbare Größe wird in unserem Gehirn erzeugt, wenn unser Auge im Vordergrund Bezugspunkte hat.

Die Größe der Gegenstände im Vordergrund, nämlich den Wald, kennen wir.

Nun vergleicht unser Gehirn den Wald im Vordergrund, mit der Größe des Mondes im Hintergrund.

Wenn der Mond, Stunden später über uns inmitten der kleinen Sterne steht, vergleicht unser Gehirn den Mond mit den kleinen Sternen und zeichnet uns das Bild, welches wir sehen."

Nun fällt mir die Mondbetrachtung ein, wie sie mir mein Vater erklärt hat.

Ich bitte die Kinder, sich alle mit dem Rücken zum Mond am Horizont aufzustellen. „Nun spreizt eure Beine, schließt die Augen, beugt euch vor, sodass ihr durch eure Beine wider zum Mond sehen könnt.

Öffnet nun die Augen." „Was ist das?", ruft Max.

„Eine Fata Morgana?" „Nein!", sage ich.

„Ihr habt auf dem kopfstehend euer Gehirn ausgetrickst, denn auf dem Kopf stehend, verlieren alle Objekte ihre Bezugs- und Vergleichsmöglichkeiten."

Das funktioniert aber nur, wen ihr die Augen schließt und euch mit geschlossenen Augen soweit herunterbeugt, bis ihr durch eure gespreizten Beine sehen könnt.

Was haben die Kinder gesehen?

Ich verrate es nicht.

Versucht es doch selbst einmal! Ihr werdet staunen!

Das Ergebnis teilt ihr mir mit unter folgender E-Mail-Adresse mit.

-richtergnter@yahoo.de-

Ihr erhalten mit Sicherheit eine Antwort von mir.

Paul

Das Glück

Als ich wieder einmal zu den Kindern kam, saß Evi sehr traurig auf einer Bank vor dem Haus.

Ganz unverhofft fragte sie mich: „Was ist Glück?"

Ich schaute sie an, und konnte nicht sofort antworten, denn ich brauchte noch etwas Zeit zum Nachdenken.

Sie kam mir mit einer Antwort zuvor und fragte weiter: „Ist es Glück, wenn man eine gute Fee trifft und dann drei Wünsche frei hat?"

„Nein!", sagte ich und setzte mich zu ihr auf die Bank.

„Glück ist etwas, das in dir selbst liegt!"

"Sorge selbst für dein Glück!"

"Du musst auch wissen, zu jedem Glück gehört auch ein kleines bisschen Unglück!"

„Das verstehe ich nicht!" „Sagt sie zu mir."

„Das glaube ich dir.", antworte ich und versuche meine Erklärung zu definieren.

Das Glück kann man nicht mit Worten festmachen.

Das Wort Glück bedeutet für jeden etwas anderes.

„Schau mal", sage ich, „ihr hattet gestern Glück nicht von dem Lastwagen überfahren worden zu sein, als ihr achtlos über die Straße gelaufen seid."

Oder wie siehst du das? Sie zuckt mit den Achseln.

So erkläre ich weiter: „Glück ist ein Gefühl, es ist in uns und lässt sich nicht anfassen."

Wenn du dich zum Beispiel über ein Geschenk freust, dann bist du glücklich.

Glück hat nicht viel mit unserer Außenwelt zu tun.

Glück muss jeder für sich selbst einschätzen.

Glücklich ist, wer zufrieden ist und mehr angenehme als unangenehme Gefühle hat.

Sie schaut mich lange fragend an, dann sagt sie: „Ach so ist das!" Dann wendet sie sich ab und geht ins Haus.

Paul

Wozu sind Marienkäfer da.

Ich saß auf einer Bank im Garten der Kinder. Edeltraud kam gelaufen, um mich zu begrüßen. Dann setzte sie sich zu mir. So saßen wir eine Weile schweigend nebeneinander, jeder war in seine eigenen Gedanken vertieft.

Direkt vor uns war das Rosenbeet.
Dort waren Marienkäfer damit beschäftigt, die Rosen von Blattläusen zu befreien.
Dann flog eine Biene heran und setzte sich in die Rosenblüte.
„Wer ist wichtiger, die Biene oder der Marienkäfer?", war die unverhoffte Frage von Edeltraud.
Ich war so in meine Gedanken vertieft, dass ich die Frage überhört hatte.
Edeltraud zupfte mich am Ärmel und wiederholte ihre Frage.
„Der Eine ist so wichtig, wie der Andere in der Natur.", war meine Antwort, um Zeit zu gewinnen und weiter Überlegen zu können.
Die Biene kommt zur Rose, um Pollenstaub und Nektar zu sammeln.
Das Marienkäferchen befreit die Rose von den Blattläusen, Beide Tätigkeiten sind wichtig.
Gäbe es keine Marienkäfer, würden die Blattläuse die Rose so schädigen, dass sie nicht blühen kann.
Dann hätte die Biene keine Möglichkeit, Pollenstaub und Nektar zu sammeln.
So würde es auch keinen Honig geben und auf den Obstbäumen keine Früchte.
In der Natur erledigt jeder die Aufgaben, die er am besten kann.
Jeder hat in der Natur seinen Platz und seine Aufgabe.
Beide Lebewesen sind gleich wichtig auf ihrem Platz in der Natur.

Paul

Siebenschläfer - 27.06. - im Kalender

„He Förster", ruft Max, „Erzähle uns doch einmal, was Bauernregeln mit diesem Datum (27. Juni) zu tun haben. Wir sind jeder einer anderen Meinung zu diesem Tag und dessen Bedeutung. Was sagst du dazu?"
„Ja, also.", beginne ich." Ich halte den ganzen Rummel um diesen Tag für eine reine Show und Legende.

Richtig ist jedoch, dass um diesen Zeitpunkt herum sich die Großwetterlage ändert.

Dies lässt sich meteorologisch erklären.

Ich versuche, nun zu erläutern, was geschieht.

In sehr großer Höhe, ca. 12000 m, wird jährlich um diese Zeit entschieden, welche Luftströmung im Sommer vorherrschen wird. Es bildet sich eine Frontlinie aus von Warm- und Kaltluft, die sich in Ost- oder Westrichtung bewegt.

Geschieht die Luftmassenbewegung eher hoch im Norden, gelangen Atlantik-Hochs nach Mitteleuropa. (Regenfreie Tage).

Bewegt sich das Ganze weiter südlich, haben Tiefausläufer größere Chancen, sich durchzusetzen. Es wird häufiger Regnen).

Sieben Wochen wird es niemals regnen, egal, wie nass es am Siebenschläfer Tag war.

Die Bauern haben versucht, ihr Erntewetter vom Siebenschläfer abzuleiten. Hier war eher der Wunsch der Vater des Gedankens.

Das kommt z.B. in der Bauernregel zum Ausdruck:" Ist das Wetter am Siebenschläfer ein Regentag, regnest noch sieben Wochen nach."

Eine andere Bauernregel besagt:"Wenn es am Siebenschläfer gießt, sieben Wochen Regen fließt".

Eine ähnliche Wetterregel gibt es auch für Peter und Paul am (29. 07.).

Regnet es am Tag von Peter und Paul, steht es mit dem Wetter faul.

Es drohen dreißig Regentage, da nützet auch keine Klage.

„Aha!", sagt Max.

„So ist das also, dann wollen wir dieses Jahr besonders auf das Wetter achten."

Dann wissen wir auch, ob diese Bauernregeln zugetroffen haben.

Ich werde alles aufschreiben.

Paul

Wettererscheinungen
oder
Der Natur auf der Spur

Der liebe Max hat geradezu eine Lawine losgetreten. Alle Kinder kommen und erzählen mir ihre erlebten Wettererscheinungen. Dann bringen sie noch kleine Verse von Abreißkalendern der vergangenen Jahre mit.

Alles soll ich ihnen erklären.

Zuerst einmal sichten wir die Sachen und einigen uns auf eine kleine Anzahl von Dingen.

Nun beginne ich, zu erläutern. Bevor wir zu den einzelnen Wettererscheinungen kommen.

Die meisten Wetterregeln haben die Bauern vergangener Zeiten in Verbindung mit dem Verhalten der Vögel, aber auch der Tiere des Waldes aufgestellt.

Wir können den Luftdruck nicht sehen und nicht riechen.

Auch nicht die Insekten die an manchen Tagen höher oder niedriger fliegen, aber wir sehen die Schwalben, die diese Insekten fangen. So heißt es:" Schwalben tief im Fluge – Gewitter kommt zum Zuge,

„Du, gehst im Wald spazieren lieber Leser und plötzlich hörst du keinen Vogel mehr und auch sonst verhalten sich die Tiere sehr ruhig. Dann sei gewiss, in ca. 20 Minuten setzt ein Gewitter ein.

Unsere Vögel reagieren auch auf die ersten Kälteeinbrüche im Herbst, die immer aus Richtung Norden kommen. Ziehen die Vögel dann in wärmere Gebiete, muss das nicht bedeuten, dass es einen kalten Winter gibt. Mit Sicherheit aber einen sehr langen Winter.

Möchtet ihr wissen, wie der nächste Winter wird, könnt ihr die Natur befragen. Am einfachsten geht das so:" Ihr geht Anfang November mit einem Messer ausgerüstet zur nächsten Birke. Dort schneidet ihr einen, in diesem Jahr gewachsene Reiser(Zweig) möglichst längs durch. Es entsteht eine große Schnittfläche. Diese Schnittfläche führt ihr an eure Lippen. Was spürt ihr dann?

Fühlt sich die Schnittfläche feucht und klebrig an –so wird es ein normaler Winter.

Sollte die Schnittfläche jedoch trocken sein, wird der Winter kalt und lang.

Wie geht das.

Die Bäume wissen, wie der kommende Winter wird.

Wenn es ein normaler Winter wird, müssen sie nicht den gesamten Saft aus allen Ästen zurück in die Wurzel holen. Der natürliche Frostschutz im Saft reicht aus, um dem Frost standzuhalten. Damit können die Bäume im nächsten Frühjahr eher Blätter treiben.

Merkt der Baum jedoch, dass der Winter heftig wird, holt er den Saft aus allen Zweigen zurück in die Wurzeln. Damit besteht keine Gefahr mehr, dass der Saft in den Ästen gefriert und die Rinde vom Baumstamm abfriert. Wenn dies geschieht, kann der Baum im nächsten Frühjahr nicht wieder austreiben. Der Baum stirbt ab.

Aber auch das Verhalten der Frösche ist sehr interessant.

Leichen die Frösche tief im Wasser ab, so folgt ein sehr warmer Sommer.

Liegt der Leich der Frösche hingegen in den Gräben und Tümpeln oben auf, so folgt ein nasser und kühler Sommer.

Wenn die Fledermäuse im Sommer abends herumfliegen, wird es anhaltend schönes Wetter geben.

Auch die Aktivitäten der Spinnen solltet ihr nicht außer Acht lassen.

Denn reißt die Spinne ihr Netz entzwei, kommt ein Regen bald herbei.

Stechen böse Fliegen (Bremsen), werden wir Gewitter kriegen.

Solli fragt nach, ob es stimmt, wenn der Maulwurf im Januar seine Haufen setzt, dauert der Winter bis in den Mai.

Warum ist das so?

Überlege einmal. Unterbricht der Maulwurf im Januar seinen Winterschlaf, dann nur, um zu fressen. Ohne zusätzliche Nahrung kommt der Maulwurf sonst nicht durch den langen Winter.

Also ist es richtig, wenn wir sagen, der Winter geht bis in den Mai hinein.

Leoni wirft ein, hier ist ein Spruch, der sagt: „Kommt Laurentius (10. August) herbei, wächst das Holz nicht mehr." Warum nicht möchte sie wissen? Das ist recht einfach zu beantworten. Das

Licht der tiefer stehenden Sonne reicht dann nicht mehr aus, um die Fotosynthese aufrechtzuerhalten. Somit kann keine Cellulose mehr erzeugt werden und auch kein Lignin.

Was ist Lignin? Lignin ist für den Baum das, was für den Beton die Stahlbewehrung ist.

Felix liest: „Ist der Nussbaum früchteschwer, kommt ein harter Winter her."

Edeltraut liest:" Kommt die Eiche vor der Esche gibt es eine große Wäsche. Kommt die Esche vor der Eiche, wird es eine große Bleiche."

Dann fragt sie: „Wie ist das gemeint?"

Hier ist der Frühjahrsaustrieb der Baumarten gemeint. So bedeutet es, wenn im Frühjahr die Eiche eher ihre Blätter hat als die Esche. So wird der Sommer nass und kühl.

Ist hingegen der Blattaustrieb der Esche eher als der Blattaustrieb der Eiche zu sehen, wird der Sommer trocken und warm werden.

Nun ist Evi an der Reihe. Es sprudelt nur so aus ihr heraus:"
Wenn Laub spät fällt, folgt starke Kälte.

Nun aber genug für heute sage ich. Es ist schon spät geworden. Ein andermal reden wir über Volksweisheiten.

Paul

Die Vogelbeerenernte

Die Vogelbeeren sind reif. Heute nun soll der Vorrat an Vogelbeeren für den Winter geerntet werden.

Dafür haben alle Kinder die größten Behältnisse, die sie tragen können, mitgenommen.

Max, der Kletterer, wird die Vogelbeerdolden vom Ast schneiden und abseilen.

Die Mädchen drehen die einzelnen Beeren ab und legen sie in die Gefäße.

Die Jungen tragen sie nach Hause und schütten sie auf die Trockengestelle.

Um mit dem Ganzen zu beginnen, muss Max erst einmal auf den Baum steigen.

Die Stämme sind glatt, Max vermag nicht an ihnen hinaufzuklettern. Für solch einen Fall hat Felix eine dünne Schnur sowie Pfeil und Bogen dabei.

Er wird damit einen dünnen Faden über einen Ast schießen. An diesem Faden wird dann das Seil, an dem Max hinauf gezogen werden soll, befestigt und über diesen Ast gezogen.

Max trägt ein Geschirr, wie ein Fallschirmspringer. Er ist bereit, hinaufgezogen zu werden, aber Felix hatte es noch immer nicht geschafft, den Pfeil über einen Ast zu schießen. Nun endlich, der fünfte Versuch saß.

Das Seil war zum Einsatz bereit. Max wurde eingeklinkt und ab ging es nach oben. Alle zogen so stark, wie es ihnen möglich war, aber auf halbem Weg ging es plötzlich nicht mehr weiter. Nicht hinauf und nicht hinunter. Was nun? Max hängt in der Luft. Felix muss noch einmal einen Faden über den Ast schießen. Getroffen! Der Pfeil fliegt über den Ast, kommt aber nicht zur Erde zurück, sondern bleibt im Geäst hängen. Zurück lässt er sich auch nicht ziehen. Die Kinder sind ratlos.

Evi sagt nach einer gewissen Zeit: „Es gibt eine Möglichkeit zur Rettung."

Wir spannen ein Sprungtuch, wie es die Feuerwehr benutzt. Gesagt getan, die mitgeführte Zeltbahn wurde unter Max aufgespannt.

Ringsherum standen die Kinder und zogen die Zeltbahn straff. Diese spannte sich wie ein Trampolin. Nun erhielt Max die Anweisung von Opa Karl das Sicherheitsgeschirr, in dem er hing, zu öffnen und sich in die Zeltbahn gleiten zu lassen. Der Sturz von Max wurde durch die gespannte Zeltbahn abgefedert, sodass er keine Blessuren davongetragen hat. Die Kinder an der Zeltbahn staunten, mit welcher Wucht die Plane zusammenklappte, als Max darauf fiel. Sie wurden regelrecht zur Mitte der Zeltbahn gerissen und bildeten dort mit Max einen riesen Haufen.

Es ist alles gut verlaufen, niemand wurde verletzt.

Die Ernte war damit für heute beendet und sollte in den nächsten Tagen mit Leitern fortgesetzt werden.

Paul

Wir nennen ihn den Förster!

Schon viele Male war ich bei den Kindern zu Besuch gewesen.
Immer begegneten sie mir mit gehörigem Respekt.
Als ich mich heute ihrem Haus näherte, hörte ich, wie Felix rief:
„Der Förster kommt."
Sofort stürmten alle aus dem Haus, um mich zu begrüßen.
Darüber freute ich mich sehr. Für jeden hatte ich leckere
Kleinigkeiten mitgebracht.
Wir setzten uns unter die große Eiche und scherzten miteinander.
Die Jungen waren schnell übermütig und da platzte es aus Hans
heraus: „He Förster, machst du mit uns eine Nachtwanderung
durch den dunklen Wald?"
Plötzlich war Totenstille. Alle sahen betroffen zu Boden.
„Meinst du mich?", fragte ich Hans.
Der trat verlegen von einem Bein auf das Andere.
. Dann stammelte er: „Ich, ich bitte um Entschuldigung, das ist
mir so rausgerutscht."
„Also nennt ihr mich den Förster?", fragte ich. „Ja, wir meinen
nur", stammelten Solli und Edeltraud. „Du weißt alles über den
Wald und so."
„Nun, warum nicht", lachte ich: „Dann bin ich ab heute für euch
der Förster. Ihr dürft mich nun alle so nennen."
„Hurra", riefen alle im Chor. Damit hatte ich meinen Spitznamen
erhalten und freute mich sogar darüber.
Zu Hans gewandt fragte ich: „Wer hat sich denn diesen Namen
ausgedacht?"
Noch ehe er antworten konnte, rief Max: „Das war ich!"
Ich sagte nur: „Das hätte ich mir denken können."
Wieder Hans ansprechend und seine gestellte Frage
beantwortend, sagte ich: „Ja, wir machen die Nachtwanderung
zum nächsten Vollmond."
Jeder von euch bringt dann bitte eine Taschenlampe mit und
zieht festes Schuhwerk an. Im Chor klang es Hurra wir werden
die Nachtwanderung machen.

Paul

Die Nachtwanderung

Was brauchen wir für die Nachtwanderung?
Für jedes Kind eine Laterne und einen Spazierstock. Damit wir im Wald kein Feuer entfachen, benutzen wir Laternen mit einer LED-Leuchte und Batterie.
. Für den Opa Karl und für mich kaufte ich eine Taschenlampe.
Der Vollmond schien und es war kein Wölkchen am Himmel.
Ideal für unser Vorhaben. Alle marschierten also im Gänsemarsch hinter mir her, Richtung Hochwald.
Doch plötzlich - was war das? Ein schneller lautloser Schatten über uns. Nur Bruchteile von Sekunden im Schein der Laternen zu sehen. Noch einer und noch Zwei. Die Marschkolonne rückte ängstlich zusammen.
Doch ich beruhigte die Kinder und erklärte ihnen: „Wir haben beim Laufen durch das Gras Insekten aufgeschreckt und diese werden nun von den Fledermäusen gefangen.
„Günter wollte wissen, ob die beißen.
Max machte es ja gruselig und rief: „Huh, jetzt kommen die Vampire." Die Mädchen kreischten vor Angst.
Im Hochwald angekommen, erlebten wir die nächste Überraschung.
Eine Waldohreule fühlte sich gestört und rief über unseren Köpfen. Das klang ja schauerlich.
Auch der freche Max erschrak und fasste mich bei der Hand. Ich deutete in Richtung der großen Steine und sagte: „Dort kommt uns jemand entgegen.
Seht ihr wie ihre Laternen leuchten?" Schon waren alle um mich versammelt.
„Versucht, die Wanderer, zu zählen:" Sagte ich.
Jeder brachte es auf eine andere Zahl.
„Was wollen die hier?", fragte Evi. „Ich weiß nicht", antwortete ich. „Sind das Räuber?" Fragte Leoni. „Nein", sagte ich, „schaut genau hin, die Lichter kommen nicht näher, aber sie entfernen sich auch nicht.

Hinzu kommt, dass die Lichter nur kurz über dem Waldboden zu sehen sind."

Da rief Felix erleichtert: „Das ist Leuchtmoos auf den Steinen!"
„Ja!", antwortete ich und leuchtete mit der Taschenlampe in diese Richtung. Schon waren alle Lichter verschwunden. Als ich die Taschenlampe wieder ausgeschaltet hatte, leuchteten die Lichter an den Steinen umso heller.

Erleichtert gingen wir weiter. Da schrie Edeltraud ganz entsetzlich auf. „Au! Mich ist jemand angesprungen!", – zappelt und hüpft verzweifelt. Ich rannte zu ihr hin, um ihr zu helfen.

Da musste ich lachen, in ihrer Kapuze steckte ein Fichtenzapfen. Der war vom Baum gefallen und hatte sie so sehr erschreckt.

Ich musste sie erst schütteln, bevor sie wieder zu sich kam.

Der Schreck war riesengroß. „He, Förster", rief Hans, „zeig uns doch mal den Polarstern." Noch ehe ich antwortete, riefen Evi und Leoni gleichzeitig: „Das ist der hellste Stern dort oben", und wiesen nach Norden.

„Gut gemacht!", sagte ich.

Von leise durch den Wald gehen war keine Spur. Es wurde gesprochen, gesungen und gepfiffen, alle Tiere des Waldes nahmen vor uns Reißaus, noch ehe wir sie sehen konnten.

Wieder zu Hause angekommen waren alle der einstimmigen Meinung: „Das war spitze!"

Erschöpft gingen alle Kinder zu Bett und schliefen auch sofort ein.

Schröder
Ergänzungen: Paul

Stolberg

Auch das Pinkeltöpfchen im Harz genannt, da es an mehr als 160 Tagen im Jahr in der Stadt nass ist.

Beim Durchstöbern alter Postkarten sahen die Kinder auf einer dieser Postkarten das Josephskreuz.

„Wo steht das?"

Fragten sie mich bei meinem heutigen Besuch, kaum dass ich den Fuß zur Tür hereingesteckt hatte.

Nun erzählte ich ihnen, dass dieses eiserne Doppelkreuz auf dem Auerberg bei Stolberg steht.

Das Josephskreuz wurde 1833 im neugotischen Stil in Form des Doppelkreuzes nach einem Entwurf von Karl Friedrich Schinkel erbaut.

Zuerst noch aus Holz fiel es 1880 einem Blitzschlag zum Opfer. Der erste Bau bestand aus 365 Eichen, die im Umfeld geschlagen wurden.

15 Jahre später konnte ein neues Doppelkreuz auf dem Auerberg im Glanz erstrahlen.

Dieses Mal wurde es in einer massiven Eisenkonstruktion erbaut, den sogenannten Stahlgussplatten.

Die gesamte Konstruktion wird gehalten von 100.000 Nieten.

Das Doppelkreuz ist 123 Tonnen schwer und 38 Meter hoch.

„Das ist ja gigantisch", riefen die Kleinen.

„Was gibt es noch Besonderes in Stolberg?", wollten sie nun wissen.

Zum einen ist Stolberg eine wunderschöne Fachwerkstadt, zweifellos einmalig ist die lange Treppe an der Außenwand des Rathauses.

Beim Bau des Hauses wurde im Innenteil leider der Einbau einer Treppe versäum. Böse Zungen behaupten, dass dies auf eine Missstimmung zwischen Bauherrn und Stadtrat zurückzuführen wäre. Angeblich hatte der Bauherr nur die Anweisung erhalten: So viele Außentüren ein zu bauen, wie das Jahr Monate hat.

Dann 54 Fenster, so viele Fenster, wie das Jahr an Wochen aufweist, mit insgesamt 365 Scheiben, so viele, wie es Tage im Jahr gibt.

Vom Einbau einer Treppe war keine Rede.

Über die Außentreppe gelangt man zum Bürgermeisterbüro oder zur Meldestelle.

Weitere Magnete sind die Museen der Stadt, so gibt es das Museum alte Münze in der Niedergasse.

Eines der schönsten Häuser der Fachwerkstadt, welches 1535 erbaut wurde.

Im kleinen Bürgerhaus ist im Erdgeschoss neben einer Schuhmacherwerkstatt auch eine Küche, aus damaliger Zeit zu besichtigen.

Im Obergeschoss erwarten den Besucher im spätgotischen Handwerkerhaus die Schlafstube und das Arbeitszimmer. Diese zeugen von der Wohnkultur im 17. bis 19. Jahrhundert.

Weiterhin kann im Hotel Beutel ein Kaffeemaschinenmuseum mit 250 Exponaten, wie der ältesten Maschine von 1815 bis hin zu den neuesten Modellen, besichtigt werden.

„Das ist ja toll, ein Museum für Kaffeemaschinen", rief Soli.

„Ja!", antwortete ich ihr.

Aber auch eine Bürgerin der Stadt war sehr berühmt.

Juliana von Stolberg sie wurde 1506 im Schloss Stolberg geboren.

1523 wurde sie das erste Mal verheiratet, und gebar 5 Kinder.

Die zweite Ehe mit Graf Wilhelm von Nassau-Dillenberg schenkte ihr noch weitere 5 Söhne und 6 Töchter.

1580 stirbt sie und hinterlässt 160 Enkel und Urenkel.

Durch die beiden ältesten Söhne, Prinz Wilhelm I. und Graf Johann VI., werden sie zu Stammeltern der ältesten und jüngeren Linie im Hause Oranien.

Die älteste Linie erlischt im Jahr 1702, doch die jüngere Linie besteht bis in die heutige Zeit.

Beatrix, Königin der Niederlande und Prinzessin zu Oranien-Nassau ist eine direkte Nachfahrin von Juliana von Stolberg."

„Oh!", war mehrfach aus den offen stehenden Mündern der Kinder zu hören.

Paul

Orchideen im Harz

Orchideen wachsen nicht nur in fernen Ländern. Auch bei uns im Harz sind einige wunderschöne Orchideen heimisch.

Ich habe lange überlegt, ob ich die Standorte preisgeben sollte, appelliere aber, an deine Vernunft, lieber Besucher die Blumen da zu lassen wo sie sind.

An Orchideen sind bei uns zu finden: Die zweiblättrige Waldhyazinthe, diese duftet besonders stark bei Nacht und blüht vom Mai bis in den Juli.

An gleicher Stelle ist auch zu finden das bleiche Waldvögelein, auch dieses blüht von Mai bis Juli in den Buchenwäldern.

Sobald das Blätterdach der Bäume voll ausgebildet ist, verschwinden die vorgenannten Orchideen sehr schnell.

Hier auch erwähnenswert ist der sehr seltene Fichtenspargel, der aber keine Orchidee ist, sondern ein unter Naturschutz stehender Pilz, der keinen Schirm ausbildet.

Er wächst links im Wald auf halbem Weg zwischen Friedrichshöhe und dem Ellernteich, dicht an der alten Poststraße. Die Pflanze sieht sehr exotisch aus und ist leicht, an ihrer bleichgelben bis Braungelben Farbe zu erkennen.

Markant ist, dass die Pflanze nur mit Schuppenblättern bedeckt ist.

. Wenn du nun, lieber Wanderer, vorbei am Ellernteich und über die Schienen der Selke-Tal- Bahn weiter in Richtung Selke gehst, so springt dir die wunderschöne dichte reich blutige Ähre der breitblättrigen Kuckucksblume ins Auge.

Diese Orchidee blüht von Ende Mai bis in den Juni hinein.

Die gefleckte Kuckucksblume hingegen findest du, lieber Wanderer, im verlandeten Teil des Ellernteiches, dort wo der Ellernbach den See erreicht.

Diese Orchidee blüht aber erst Ende Juni, und dann den gesamten Juli hindurch.

Als besonders zu erwähnen wären da noch die schwarze- und die kropfige Teufelskralle. Die Blüten sind in warziger Form, dunkelviolett, bzw. kugelig tiefblau von Mai bis September zu sehen. Diese blühen sehr häufig am Bahndamm und in dessen unmittelbaren Nähe.

Paul

90 –Jahre und kein bisschen leise

Mein Lebensmotto:
Man soll nicht zu sehr auf seine Pläne bauen, denn das Schicksal hat seine eigenen Ideen.
Arbiter
Petronius

Ich, Anni Waldtraut Samietz, (geb. Behrens) wurde am
10. November 1927 als erstes Kind, von drei Kindern, der
Eheleute Behrens in Drübeck geboren.
Gelebt habe ich in Drübeck nicht.
Gleich nach der Geburt ist meine Mutter mit mir wieder nach
Wernigerode gegangen.
Vom Pfarrer bin ich dann am 26.12.1927 in der Kirche zu
Altenrode getauft worden.
Damit war ich eines der letzten Kinder, die in Altenrode getauft
wurden. Bevor die Eingemeindung nach Darlingerode vollzogen
wurde.
In meiner Kindheit und auch noch in der Jugendzeit pendelte ich
ständig zwischen Wernigerode und Drübeck hin und her.
Nach liebevollen Jahren im Elternhaus in Wernigerode und im
Haus der Großeltern in Drübeck hat mich die Zuneigung und
Liebe, 1951 nach Coswig/Anhalt getragen.
Der Grund dafür war mein zukünftiger Ehemann.
Ich hatte mich entschieden.
Lebte und arbeitete somit seit meinem 24. Lebensjahr in
Coswig/Anhalt.

Die Kriegswirren wurden mit nur geringen Blessuren an der Gesundheit überstanden.

Die Zeit des Neuanfangs war gekommen. Alles war plötzlich ganz anders geworden. Immer habe ich mich eingesetzt für Humanismus und Frieden.

Die Zeit nach dem Krieg war sehr hart und entbehrungsreich. Wir hatten alle sehr wenig, doch wir waren damit zufrieden und in manchen Momenten auch glücklich.

Den Bund der Ehe bin ich dann am 03. Februar 1952 eingegangen.

Sehr viele erfüllte Jahre durfte ich dann an der Seite meines lieben Ehemannes verbringen. Ständig haben wir uns bemüht in Wernigerode eine Wohnung zu erhalten. Die Sehnsucht nach dem Harz hat uns beide nie verlassen. In den nachfolgenden Jahren richteten wir uns ein, sind unserer Arbeit nachgegangen und haben unser Wissen im Fernstudium weiter vertieft.

Mein Werdegang von der Sekretärin, zur Erzieherin im Lehrlingswohnheim, dann Studium an der pädagogischen Fachhochschule in Leipzig führte mich dann zur Horterzieherin an einer Schule in Coswig.

Da mir der Umgang mit Kindern immer sehr viel Freude bereitet hat, übte ich diese Tätigkeit bis zu meinem Rentenbeginn im Jahre 1987 aus.

Das Rentnerleben war ein weiterer Lebensabschnitt, den es zu meistern galt. Alles war ungewohnt, alles musste neu organisiert werden.

Dann die Wende- sie brachte Reisezeit.

Die Neugierde war groß, um zu erleben, was da auf der anderen Seite zu bestaunen wäre.

Die Ernüchterung folgte auf dem Fuß.

Wir konnten ein Grundstück an der Havel mieten und bauten es zu unserem Schloss um. In diesem residierten wir noch einige glückliche Jahre.

Der Gesundheitszustand meines Mannes verschlechterte sich Zusehens.

Aus diesem Grunde hielten wir Ausschau nach einer geeigneten Bleibe. Unsere Recherchen brachten uns auch mit Humanas in Berührung. Das Konzept gefiel uns sehr gut.

Zu unserem Glück erfüllte uns diese Firma den lang gehegten Wunsch, dem Harz näher zu kommen. Wir haben die Möglichkeit erhalten in Darlingerode eine Wohneinheit zu beziehen.

Somit waren unsere Träume vom Leben im Harz doch noch in Erfüllung gegangen. Der Umzug erfolgte am 03.02.2014, ausgerechnet an unserem 62. Hochzeitstag.

Für meinen Mann war es leider nur von sehr kurzer Dauer. Er ist unmittelbar nach dem Umzug verstorben. Für mich viel zu früh und unerwartet.

Wieder einmal galt es, sich einzurichten und zu engagieren. Dabei half mir mein um einige Jahre jüngerer Bruder Manfred. Er war meine Stütze nach dem traurigen Ereignis. Liebevoll umsorgte er mich und half die schwere Zeit zu überwinden. Ihm habe ich sehr vieles hier in Darlingerode zu verdanken. Wir fanden neue Freunde und lebten uns sehr schnell ein.

In der Seniorenwohnanlage haben alle das gleiche Ziel.

Jeder weiß, dass er für das Gewesene von niemandem etwas erhalten wird. Alle Bewohner haben die gleichen Bedingungen und Gegebenheiten miteinander, um zu gehen.

Auf dieser Grundlage haben sich wunderbare Freundschaften gebildet, die das Leben so richtig lebenswert machen.

Nun leben mein Bruder und ich seit mehr als dreieinhalb Jahren in dieser Seniorenwohnanlage unter Freunden und es ist keine Zeit für Zipperlein und der Gleichen. Wir singen sehr viel und lachen noch häufiger und das macht gesund und gibt Lebenskraft.

So ist es mir vergönnt in dieser Runde, unter Freunden den 90. Geburtstag zu begehen.

Ich habe wohl gemerkt, dass diese an besonderen Vorbereitungen bastelten. Doch was ich an meinem Ehrentag erlebte, übertraf meine Erwartungen um mehr als 500 %.

Um zehn Uhr standen ca. 25 Personen vor meiner Tür. Als ich zur Tür hinaustrat, war ich so gerührt das mir die Tränen über die Wangen rollten und mich meine Kräfte verließen. Ich musste mich setzen. Fluchs schob mir mein Brüderchen den mit Luftballons geschmückten Rollstuhl unter den Hintern. Ich glaubte nicht, was ich sah. Vor mir schwebte ein Brief in Augenhöhe. In diesen Brief nun sollte ich meine drei sehnlichsten Wünsche hineinschreiben. Ich konnte es nicht. Ich konnte noch immer nicht glauben, was ich sah.

Die Wünsche habe ich dann meinem Brüderchen zugemurmelt und er hat mir die Hand beim Aufschreiben geführt.

Getragen wurde dieser Brief von 10 Luftballons in Form von roten Herzen.

Kaum hatte ich diese Aufgabe bewältigt, begann auch schon das Geburtstagsständchen. Gesungen von mindestens 25 Personen aus den Häusern 6,7,8 und dem Team der Pfleger und Betreuer aus dem Stern.

Gesungen wurde nach dem Text unseres Musikant Werner, der eigens dafür ein Lied geschaffen hat. Dieses wurde zur Melodie mein Vater war ein Wandersmann gesungen.

Ich habe mich herzlich dafür bedankt und mein Brüderchen der Schlingel, der alles wusste, hatte für jeden bereits ein Glas Sekt eingeschenkt.

Somit stießen wir gemeinsam auf die nächsten 90 Jahre an.

Meine Freunde ließen mich unterdessen immer wieder.

HOCH-LEBEN.

Damit aber noch nicht genug fuhr mich mein Brüderchen im Rollstuhl zur Hauseingangstür.

Vor der Tür stand ein Weidenkorb und an dessen Henkel waren 90 Luftballons angebunden. Bereit, für mich, in den Himmel zu steigen.

So etwas Schönes hatte ich wohl seit meiner Kindheit nicht mehr erlebt. In meinen Händen hielt ich noch immer den Brief mit den Wünschen. Die Luftballons zogen daran wie Pferde. Die Freunde riefen im Chor: „Lass deine Wünsche frei. Sie sollen in Erfüllung gehen." Ich tat wie mir geheißen und die Ballons trugen meine Wünsche in den Himmel. Ich hätte sie so gern bis zum Horizont begleitet, aber da wartete schon die nächste Aufgabe auf mich. 90 Luftballons, alle samt rote Herzen, sollten freigelassen werden. Nur mit Mühe konnte ich mich darauf konzentrieren, diese Ballons von ihren fesselnden Schnüren zu schneiden. Die Ballons schossen geradezu in den Himmel. Immer einer höher als der Andere. Der ganze Himmel war plötzlich eine rosarote Wolke und diese trug meine Wünsche in den Himmel.

Als der letzte Luftballon gestartet war, glaube ich die Ehrung sei zu Ende. Aber weit gefehlt.

In der Zwischenzeit hatte Günter im Flur die nächste
Überraschung aufgebaut,
Er hatte für mich aus vielen Veranstaltungen der zurückliegenden
Zeit ein Video zusammengestellt. Dieses spielte er nun vor
meinen Freunden und mir ab.
Es hat mich zutiefst gerührt, besonders als ein Gedicht über
meine Heimat, den Harz gesprochen wurde.
Ich weiß noch genau, das Video endete, mit allen guten
Wünschen von meinen Freunden und den Worten:
"Schön das Es dich gibt!"
Den gesamten Vorgang der Gratulation hat Günter aufgezeichnet
und mir als Video übergeben.
Die gesamte Gratulationscour hat länger als eine halbe Stunde
in Anspruch genommen.
Für mich war es ein Hochgefühl, von dem ich glaubte, es hätte
eine Ewigkeit gedauert.
Es ist schon etwas ganz Besonderes gute Freunde zu haben!

Paul
Auf zum Kugelmooswald

Meine Erzählungen vom Kugelmoos hatten die Kinder neugierig
gemacht. Bitte Förster gehe mit uns dorthin!
Wir kleideten uns ein für eine Wanderung durch den Wald.
Jeder erhielt einen Wanderstock und festes Schuhwerk.
Bis zum Wald, in dem das Kugelmoos wächst, sind es
beschwerliche 3 Kilometer.
Der Weg führt uns über eine sumpfige Wiese, ein Stück den
Selketal-Stieg entlang und schließlich durch die Mordtäler, bis
zum Steinbruchsee.
Der Steinbruchsee wird auf der Wanderkarte als Kuhlagerteich
ausgewiesen. Dort machen wir eine kurze Rast, denn vor uns
liegen nun Waldwege, die seit Jahren nicht mehr gepflegt
wurden. Das Ganze noch mit ständiger, mäßiger Steigung vorbei
an den Röhrenteichen zum alten Postweg. Diesem folgten wir 0,5

Kilometer in Richtung großer Harzhöhe. Dann sieht man links im Hochwald die imposanten Kugelmooshügel.

Nun konnte die Kinder nichts mehr halten. Sie rannten zu den schönen Mooshügeln.

Das Kugelmoos hat eine Grundfläche von ein paar Zentimetern bis hin zu einem Quadratmeter. Es ist in seiner Oberfläche fest geschlossen und fühlt sich samtig weich an. Seine Farbe ist meist silbrig graugrün. Nach einem langen Regen vermag man Moos mit einem Durchmesser von einem halben Meter nicht mehr anzuheben. Das Kugelmoos ist mit seiner Unterlage nicht verwachsen.

Die Kinder suchen nach den größten Hügeln um sich darauf zu setzen. Da es aber am Tag zuvor geregnet hatte, waren alle in kürzester Zeit durchnässt, bis auf die Haut. Denn das Moos gab bei jedem Sprung darauf, quietschend Unmengen von Wasser frei. Auch konnten wir heute nicht auf den herrlichen weichen Mooskugeln sitzen. Sonst wäre der Hosenboden sogleich nass geworden.

Das Kugelmoos bildet keine geschlossenen Formationen, sondern liegt wie zufällig ausgestreut im Wald. Die Ausdehnung, in dem sehr viel Kugelmoos zu finden ist, beträgt weniger als 0,5 Quadratkilometer.

Nun wieder zu meinen durchnässten Kindern.

Der Tag neigt sich langsam dem Ende und nun begann auch ein recht kühler Wind, durch den Wald zu streifen. Ein Kind nach dem Anderen kam zu mir, weil es fror. Sie baten mich, ein Feuer zu entfachen, damit sie sich wärmen und trocknen können. Aber Feuer im Wald ist sehr gefährlich.

Da kam mir die Idee, weiter zu gehen bis in die alte Kiesgrube, die mitten im Wald liegt. Dort angekommen suchten wir uns einen geeigneten Platz für ein kleines Feuer. Aus meinem Rucksack holte ich den Einweggrill und zündete ihn an. Auf diesen Grill legten wir aber keine Wurst, sondern für jedes Kind einen großen Stein.

Diese wurden erwärmt und den Kindern später unter die Füße geschoben. Die mitgeführte Zeltplane wurde am Hang der Kiesgrube an windgeschützter Stelle befestigt und die Fläche darunter mit Fichtenzweigen aus gelegt. Nachdem jedes Kind einen trockenen warmen Sitzplatz hatte, erhielt jedes seinen, am

Grill aufgeheizten Stein um sich daran Hände und Füße zu wärmen.

Das war ein riesen Spaß. Die Kinder zogen Ihre Socken aus und legten diese zum Trocknen auf die Steine. Um die Hosen trocknen zu können, wurden über den nicht mehr brennenden Grill mehrere ca. 2 m lange Stangen gestellt und oben mit Brennnesseln zusammengebunden. Über diesem Gestell hängten wir die nassen Hosen zum Trocknen auf. Nach kurzer Zeit dampften die Hosen gewaltig.

Damit diese keinen Schaden nahmen, wurden sie mehrmals gewendet. Es war erstaunlich, wie schnell wir die Hosen wieder trocken bekommen hatten.

Da der Grill immer noch heizte, wurde auch für jeden eine Wurst gegrillt. Das war für alle ein tolles Erlebnis.

Zufrieden aber müde begaben wir uns dann auf den Heimweg. Ein wunderschöner Tag war zu Ende.

Paul

Hans und Max

Hans und Max sind zwei sehr unterschiedliche Kinder.

Während Max alles ganz leicht und locker nimmt, ist Hans gründlich und pedantisch auf Ordnung und Sauberkeit bedacht. Max ist stark und kräftig, während Hans klein und zierlich ist.

Hans isst keine Mahlzeit auf.

Wenn Opa Karl ruft: „Komm rein Kinder, es gibt Mittagbrot!", antwortet er stets: „Ich habe keinen Hunger!" Ich glaube, er isst seinen Teller nur leer, um Opa Karl einen Gefallen zu tun.

Am Tisch achtete Max darauf, neben Hans zu sitzen. Denn Hans steckte ihm heimlich immer etwas zu, sodass möglichst keiner etwas merkt.

Wenn jemand von den Kindern krank wird, ist Hans immer der Erste.

Er hatte bisher alle gängigen Kinderkrankheiten und jedes Mal dauert es bei ihm am Längsten, sich zu erholen.
Opa Karl sagt mir: „Ja, ja, das ist unser Nesthäkchen!"
Max hingegen wirft so schnell nichts um, er ist kaum dazu zu bewegen sich ins Bett zu legen, wenn er einmal krank ist.
Der kleine Hans kommt ab und an zum Fenster und klopft an die Scheibe. Dann sagt er: „Opa, bitte eine Schnitte mit Fett und dazu eine Salzgurke." Da freut sich Opa Karl jedes Mal, dass der Junge überhaupt etwas isst, und reicht ihm das Gewünschte hinaus.
Hans sagt dann: „Draußen schmeckt es viel besser!"

Högemann
Ein ungebetener Gast

Es war ein grauer Nebeltag im Dezember. Der Weihnachtsmarkt hatte seine Pforten geöffnet. Du verfolgtest mich, wohin ich auch ging. Immer warst du zur Stelle. So ging das den ganzen Tag. Nirgends konnte ich hingehen, ohne dich anzutreffen.
Sogar mein zu Hause nahmst du in Beschlag. Du hast mich umschlungen, mir den Atem genommen, mich stehst fest im Griff gehalten. Egal was ich auch tat, du hast mich nicht losgelassen.
Ich versuchte, dich zu vergiften, zu ertränken, doch es half alles nichts. Immer bist du der Stärkere gewesen.
Doch nun nach einer Woche schwächelst du und ich gewinne allmählich meine Freiheit zurück.
Ich muss dir auch sagen, mein Traumpartner warst du nicht und wirst es auch niemals sein.
Du Bazillus-Grippe nun geh und las mich allein.
Komm nie wieder in mein Leben hinein!

Paul

Die Wiese der Herbstzeitlosen

Jedes Jahr im Zeitraum von August bis September gibt es im Harz und genauer gesagt im Wald von Friedrichshöhe ein besonderes Schauspiel zu erleben.

Dann blühen auf einer Wiese Hunderte von Herbstzeitlosen.

Die Wiese ist leicht zu finden. Du, lieber Wanderer, musst nur der alten Poststraße, von Friedrichshöhe in Richtung Günters berge folgen und vor dem Wald rechts abbiegen.

Dann folgst du dem Wiesenfahrweg ca. einen Kilometer. Nachdem du nun ein Stück des Weges durch einen Wald gegangen bist, öffnet sich dieser auf der rechten Seite zu einer Wiese.

Auf dieser Wiese nun siehst du die wunderschönen Blüten der Herbstzeitlosen.

Die Blüten erinnern an die Safranblüten der Krokusse, haben aber nichts mit diesem zu tun. Sie stehen auf einem weißlichen Stiel und sind ohne Blätter, von dunkel orange-gelben bis lilaweißlichen Farben.

Lieber Wanderer, du brauchst nicht versuchen die Blumen herauszuziehen, denn es wird dir nicht gelingen. Der Fruchtknoten der Herbstzeitlosen ist tief unter der Erde und der Blütenstängel reißt sofort ab.

Aber Achtung, die Herbstzeitlose enthält besonders in der Blüte das Zellgift „Colchicin. Es wirkt als Zellgift mitosehemmend und wird in der Medizin zur Therapie des akuten Gichtanfalles angewandt. Doch Achtung der Wirkstoff ist in der Lage das Erbgut zu verändern!

Erfreue dich, lieber Besucher am Anblick der Blüten, und lass die Herbstzeitlosen dort, stehen, wo sie sind.

Verfasser: Unbekannt
Nacherzählt: Paul.

Das Strickmuster unseres Lebens.

Wir stricken unser Leben selbst. Mancher wählt ein kompliziertes Muster, ein anderer hingegen ein schlichtes Muster.
Das Ergebnis ist ein buntes Maschenwerk oder ein Stück in schlichtem Grau.
Nicht immer sind wir in der Lage die Farben selber zu wählen, vielmehr tränkt uns das Leben diese auf.
 Ebenso ist es mit der Qualität der Wolle. Mal ist diese weich und flauschig und dann wieder hart und kratzig.
Während die einen liebevoll und sorgsam stricken, tun das andere ungern und voller Mühen.
So geschieht es dann das der Eine oder Andere das Strickzeug in die Ecke wirft.
Des Öfteren geschieht es, das du, eine Masche fallen lässt, oder diese gleitet dir von der Stricknadel ohne dein Zutun.
Du hast die Nadel in der Hand!
Du kannst das Muster wechseln, oder die Technik ändern auch das Werkzeug.
Nur Auftrennen kannst du im Leben nichts wieder.
Das geht auch nicht ein klitzekleines Stück.
In deine Hände ist Anfang und Ende gelegt.

Paul

Autogenes Training

Das ist eine Entspannungsmethode, die auf einer Weiterentwicklung der Hypnose basiert. Sie wurde 1932 erstmals von dem Psychiater Johannes Heinrich Schulz vorgestellt.
Heute findet sie eine Breitenanwendung, wenn es darum geht, Stress ab zu bauen.
Gegen die Hektik des Alltags helfen schon kleine Tricks.

Das autogene Training zielt auf Erholung durch Entspannung.
Diese Methode der Entspannung ist überall einsetzbar, schnell
auszuführen und auch für Anfänger geeignet
Insgesamt sind es sieben aufeinanderfolgende Übungen. Das
währen: Ruhe, Schwere, Atem-, Herz-, Leib-, Stirnübung.
Für den Anfänger ist eine Schwereübung empfehlenswert.
Wie das geht? Ganz einfach.
Dafür schließt du lieber Leser die Augen und sagst dir so lange in
Gedanken „Der rechte Arm ist ganz schwer", bis sich das Gefühl
tatsächlich einstellt.
Du beendest die Sitzung mit „Ich komme zurück". Dann öffnest
du ganz langsam die Augen.
Nachdem du einige Routine erworben hast, kannst du dich lieber
Leser an die nächsten Übungen heranwagen.
Die Anleitung dafür steht im Internet oder ist in Fachzeitschriften
nachzulesen.
Somit kann ich mir weitere Erläuterungen an dieser Stelle
ersparen.

Paul

Duftende Seife herstellen.

Die selbst hergestellten Seifen sind, so finde ich eine gute
Geschenkidee.
Vor allen Dingen lässt sich Seife sehr einfach zubereiten.
Sie benötigen dafür Glyzerinseife einige Gießformen und
Lebensmittelfarbe sowie entsprechende Duft öle.
Nun zur Herstellung.
Sie schmelzen in einem geeigneten Gefäß zuerst einmal die Seife
bei ca. 40 °C. Dies geschieht am günstigsten in einem Wasserbad.
Sobald die Seife flüssig ist, geben sie nach Belieben Farbe hinzu.
Hat die Seife die entsprechende, das heißt die gewünschte Farbe
angenommen geben sie das Duft Öl hinzu.
Dann muss das Ganze gut gerührt werden.

Danach können sie die einzelnen Gefäße mit der noch flüssigen Seife füllen.

Nun heißt es warten, bis die Masse vollständig erkaltet ist. Zumindest müssen 30 min. vergangen sein.

Wenn die Seife hübsche Unikate ergeben soll, geben sie im flüssigen Zustand Flitter oder Blütenblätter hinzu.

Fertig ist das nächste Geschenk und das kommt mit Sicherheit auch gut an.

Paul

Ein kleiner Haushaltstipp

Unser Backpulver ist ein Tausendkünstler.

Es ist Bestandteil eines jeden Vorratsschrankes. Doch seine Anwendung erstreckt sich nicht nur auf Backen. Die lästigen Ameisen auf der Terrasse werden ferngehalten, legt man eine Spur davon aus. Die Ameisen überqueren diese Spur nicht. Doch leider hilft es an dieser Stelle nur bis zum nächsten Regen. Danach muss der Helfer erneut ausgelegt werden.

Auch im Kühlschrank leistet es gute Dienste und bindet dort die unangenehmen Gerüche. Dazu wird eine kleine Brise auf eine Untertasse gegeben und hineingestellt.

Als weiterer Helfer eignet sich das Pulver beim Abwaschen von Schneidebrettern, wen diese mit Fisch in Kontakt gekommen sind.

Ebenso lässt sich das Abwaschbecken vorzüglich damit säubern. In das noch nasse Becken wird Backpulver gestreut und anschließend mit Aufwaschlappen oder Schwamm das Becken ausgewischt. Fertig!

Ebenso ist das Pulver ein hervorragender fettloser an Geschirr, auf Fliesen oder Küchenschränken.

Auch die Ablagerungen von Tee oder Kaffee in Kannen jeder Art können damit entfernt werden.

Einfach Backpulver in die Kannen streuen heißes Wasser zugeben intensiv Schütteln und fertig ist die Reinigung.

Einfach aber genial!

Möbius

Von der Schwierigkeit, es allen Menschen Recht zu tun.

Es hat sich so ergeben, dass ein Mann auf einem Esel daher geritten kam. Hinter dem Esel lief ein kleiner Junge, sein Sohn, daher. Es dauerte nicht lange, da hörten sie eine Stimme, die rief, so eine Unverschämtheit. Der Vater sitzt auf dem Esel und der arme kleine Junge muss mit seinen kurzen Beinchen hinterherlaufen.

Der Vater überlegte einen Moment und dann stieg er vom Esel und setzte den Jungen darauf.

Doch bald ist eine andere Stimme zu hören. Diese meint, dass es Unrechtes ist, dass der Junge auf dem Esel sitzt und der arme alte Vater nebenher läuft.

Vater und Sohn sehen sich für einen Augenblick an, dann steigt der Vater zu dem Sohn auf den Esel. Kaum das sie ein paar Schritte geritten sind, ruft ein anderer. So eine Tierquälerei, nun muss der arme Esel Vater und Sohn tragen. Nur weil sie zu faul sind zu laufen.

Vater und Sohn schauen sich an und dann steigen beide ab und laufen neben dem Esel her.

Nach einem kurzen Stück des Weges hören sie ein Gelächter und eine Stimme sagt, nun schaut euch doch die Trottel an. Wie kann man nur so blöd sein und neben dem Esel herlaufen. Wozu hat man den so ein Tier?

Diese Geschichte zeigt uns, es ist unmöglich, es allen Menschen recht zu tun. Wir können uns noch so sehr anstrengen, es wird nicht gelingen.

Demzufolge können wir es nur einem Menschen voll und ganz recht machen, das sind wir selbst.

Es wird immer Menschen geben, die das was wir tun und sagen, nicht gut finden werden und uns dafür ablehnen.

Möbius

Erinnerung an meine Kindheit.

Wir schrieben das Jahr 1944. Ein Jahr voller Schrecken durch täglichen Bombenalarm und die Angst, dass eine abgeworfene Bombe mein Elternhaus treffen könnte.

Mein Elternhaus stand in Merseburg in der Friesenstraße. Wir konnten von unserem Haus Richtung Leuna sehen, wo die große Industrieanlage hauptsächlich Benzin herstellte. Wenn von den vielen Schornsteinen, die oft von Bomben getroffen wurden, wieder drei ihren Rauch in die Luft bliesen, war das ein Zeichen, dass wieder produziert wurde und ein Angriff der alliierten Bomber zu erwarten war.

Wir schrieben den 5. Dezember. Ich hatte nach einer Erhitzung beim Rumtoben gleich aus dem Wasserhahn in unserer Küche eiskaltes Wasser in mich hinein geschlürft. Am Abend bekam ich auf der linken Seite im Unterbauch Schmerzen, die immer stärker wurden. Meine Mutti konnte sich nicht erklären, woher ich plötzlich solche starken Schmerzen bekam. Unser Hausarzt konnte auch nicht feststellen, was mit mir los war und rief im Merseburger Krankenhaus an, man sollte mich dorthin abholen. Nun sollte man nicht denken, da kommt die DMH! Nach einer Stunde Wartezeit voller Schmerzen kamen zwei Schwestern mit einem umgebauten größeren Kinderwagen und packten mich in diesen hinein. Angelangt im

Krankenhaus kam ich auf die Kinderstation im Dachgeschoss des Merseburger Krankenhauses. Wir lagen mit 12 Kindern in einem Bett, dort oben im Dachgeschoss. Die Stationsschwester und ein Kinderarzt kamen und ich musste nun erzählen, wie und wann meine Schmerzen eingetreten waren. Nach den Symptomen hatte ich durch das Erhitzen und dem darauffolgenden eiskalten Wassertrinken eine Bauchspeicheldrüsenentzündung bekommen. Bekam als Speise nur ungesalzenen Mehl- und Grießbrei, eklig! Aber ich bekam die darauf folgenden Tage weniger Schmerzen.

Am 6. Dezember 1944 gegen 19.00 Uhr heulten die Sirenen und wir aus der Kinderstation mussten in den unter dem Krankenhaus gelegenen Luftschutzkeller. In dieser Nacht sollte durch die angloamerikanischen Bomber die Innenstadt von

Merseburg zu 80 % zerstört werden. Auch das Krankenhaus wurde stark beschädigt, sodass auch in der Kinderstation alle Fenster durch den Luftdruck der Bomben zerstört worden waren. Das hieß, wir mussten im Luftschutzkeller bleiben. Ich war voller Sorge, was mit meinem Elternhaus, mit meiner Mutti, meinen drei Geschwistern geschehen war. Vati war ja an der Ostfront. Am 7. Dezember, meinem 12. Geburtstag, kam am Nachmittag meine liebe Mutti und Schwester unversehrt zu mir. Aber im Elternhaus sind die Fenster durch den Luftdruck einer Luftmine, die 210 m von unserem Haus explodiert war (und eine ganze Familie mit ihrem Haus ausgelöscht hatte), samt den Rahmen mit Fenstern in die Zimmer reingeflogen.

Nach 14 Tagen Krankenhausaufenthalt im Luftschutzkeller durfte ich zu Fuß, „ohne Kinderwagen", das Krankenhaus verlassen. Meine Schmerzen waren „Gott sei Dank" weg!

Högemann

Eine weiße Katze zum Weihnachtsfest..

Ich wünschte mir schon seit Langem eine weiße Katze. Ein Bekannter sagte mir auf dem Gestüt, in dem er arbeitete, hätte eine Katze im September junge geworfen und da wäre ein weißes junges Kätzchen dabei und er wollte es mir vorbei bringen, sobald sie von der Mutterkatze entwöhnt sind.

Es vergingen Tage und Wochen und ich hörte nichts von meinem Bekannten.

Dann rief er an und teilte mir mit, dass die Lieferung der Katze etwas länger dauern könnte. Denn es ist sehr schwierig, das Kätzchen einzufangen. Denn das Kätzchen ist verwildert und sehr scheu.

So verging die Zeit und es wurde Dezember.

Ich dachte nicht mehr an die Katze, da so viel in der Vorweihnachtszeit zu tun war.

Dann am Weihnachtsabend klingelte es an der Haustür, mein Bekannter stand davor mit einem Körbchen im Arm.

Ich bat, meinen Bekannten, er möge doch ins Wohnzimmer gehen. Dort öffnete er das Körbchen und wie ein Blitz sauste ein weißes Bündel heraus und gleich hinter die Couch.

Mein Bekannter war der Meinung, wir sollten sie ganz in Ruhe lassen. Irgendwann kommt sie von alleine hervor. Spätestens wenn sie Hunger hat.

So feierten wir Weihnachten mit einer Katze hinter der Couch. Bevor wir in der Nacht zu Bett gingen, stellte ich noch Futter und Wasser für das Kätzchen hin.

Am nächsten Morgen als ich nach dem Kätzchen schaute bekam ich einen Schreck. Unser Weihnachtsbaum war abgeschmückt.

In der Nacht hatte das Kätzchen ganze Arbeit geleistet und den Baum abgeräumt.

Aber wo war das Kätzchen? Als ich mich umschaute viel mein Blick zur Weihnachtsbaumspitze, dort wo gestern noch die Krone war, sah ich ein weißes Köpfchen mit blauen Augen. Das sah aus, als hinge da ein Schneeball und so kam meine Katze zu ihrem Namen, "Schneeball.

Den Weihnachtsbaum schmückten wir nicht mehr, so kurz hatten wir noch nie einen Weihnachtsbaum stehen.

Aber es wurde eine wunderbare Weihnachtszeit mit unserm Schneeball.

Möbius

Die Lüge

Wir schrieben das Jahr 1949. Die ersten amerikanischen Bomber flogen über Hannover und Braunschweig in Richtung Mitteldeutschland.

Ich ging damals in die 4. Klasse der Albrecht-Dürer-Schule in Merseburg.

Wie dumm waren wir doch und haben gebetet, dass der Fliegeralarm erst nach 22.00 Uhr ausgelöst würde, denn dann brauchten wir am kommenden Tag erst eine Stunde später zur Schule zu gehen.

Apropos Schule!

Wir hatten in der 4. Klasse eine Klassenlehrerin, die hieß Frau Pohl. Sie war gut 1.90 m groß, schlank und trug immer Stöckelschuhe. Wenn sie in der Klasse umherging, klapperte das immer so schön.

Wir hatten eine Hausaufgabe bekommen, die ich aber vor lauter Spielerei und Rumtoben vergessen hatte anzufertigen.

Am anderen Schultag in der 2. Stunde war das Vorzeigen der Hausaufgaben fällig!

Dieter! Wo ist deine Hausaufgabe? Die Stimme dröhnte von Frau Pohl. Ich sagte ihr, dass ich sie zu Hause vergessen hatte, in den Ranzen zu tun.

Also eine Lüge!

Dann wirst du sie mir in der Pause holen. Es war nicht möglich, dass in der Pause zu schaffen, da ich eine Straße weiter wohnte. Die Entfernung zur Schule war zu groß. Was sollte ich tun? Gehen oder gleich die Wahrheit sagen!

Ich ging. Mutti zu Hause schimpfte.

Junge, wie kannst du nur so lügen.

Damit hatte ich die erste Ohrfeige weg. Mit war übel.

Nun muss ich aber noch dazu sagen, dass es 1943 in der Schule „Haue" gab.

Ich wusste, dass Frau Pohl noch aus alten Beständen einen Original Rohrstock hatte. Ich wusste also, was auf mich zukam. Ich ging in mein Schlafzimmer und zog mir meine Stoffhose aus und die Lederhose an.

Dann ging ich zurück in mein Klassenzimmer.

Die Blicke meiner 28 Klassenkameraden ruhten auf unserer Lehrerin, was sie wohl mit mir tun würde.

Nun Dieter, dann zeig mir mal deine Hausaufgabe, waren ihre Worte.

Meine Antwort, es tut mir leid, aber meine Mutter hat sie versehentlich früh zum Feuer anmachen verwendet.

Na, das glaubst du wohl selber nicht, ihre Antwort.

Nun komm mal vor! Nichts Gutes ahnend, ging ich mit gemischten Gefühlen aus meiner Bank vor zu ihr ans Pult.

Sie ging zum Wandschrank, öffnete die Schranktür und holte den Original Rohrstock heraus.

Dann nahm sie meine Hand und zerrte mich vor die erste Bankreihe, wo ich mich bäuchlings überbeugen sollte.

Ich dachte nun, da ich ja extra meine Lederhose angezogen hatte, würden die Schläge, die ich jetzt bekam, etwas abgemildert.

Dies war aber ein Irrtum.

Mit einer Wut im Gesicht zog Frau Pohl noch die Gesäßhälfte meiner Lederhose straff und versetzte mir sechs Hiebe auf mein Gesäß.

Ich habe aufgeschrien. Ich glaube, die ganze Schule hat mein Schreien gehört. Es tat schon weh und mir liefen vor Schmerz die Tränen die Wangen runter.

Hatte doch meine Lederhose nichts genützt, um die Schläge abzumildern.

Ja, so wurde damals eine Lüge bestraft.

Möbius

Blacky – mein Hundeleben!

Am Sonntag, den 12, August 1990 kam ich mit drei Schwestern als einziger Rüde auf die Welt. Meine Mutter war eine Kurzhaardackelhündin und lebte auf einem Bauernhof. Wer mein Vater gewesen war, habe ich nie erfahren. Er soll aber ein schwarzer Spitz gewesen sein, denn als Einziger von meinen Geschwistern war ich rundherum schwarz, also ihm ähnlich.

Als Welpe war ich schon ein kräftiger Bursche und verdrängte meine Schwestern oft von der Milchquelle bei meiner Mutter. Als ich sechs Wochen alt war, trennte man mich von meiner Mutter und meinen Geschwistern und ich kam in die Hände eines Heimleiterehepaares aus Darlingerode.

Aufgrund meines schwarzen Felles bekam ich den Namen Blacky.

Anfangs wusste ich nichts mit meinem neuen Namen anzufangen, aber mit der Zeit hörte ich schon, wenn ich gerufen wurde.

Wie auch bei kleinen Menschenkindern war ich nicht stubenrein. Oft machte ich mein kleines Geschäft in die Räume meiner Herrschaft.

Sie bewohnten ein kleines Gartenhaus inmitten eines großen Ferienobjektes. Sie besaßen Stube, Diele, Küche, Bad und Schlafzimmer.

Wenn ich mich mal wieder verewigt hatte, wurde ich mit meinem Näschen in die Hinterlassenschaft getaucht und bekam mit einer zusammen gewickelten Zeitung einen Klaps auf mein Hinterteil. Als ich älter wurde, war das aber nicht mehr nötig.

Wenn ich mal musste, setzte ich mich vor die Tür und mit einem Piepten tat ich kund ich musste mal.

Eine Schlafstelle in Form eines ovalen Körbchens hatte man mir in die Diele zwischen Stube und Küche hingestellt, wo ich mich nach ausgelassenem Herumtollen und nachts zum Schlafen hinlegen konnte.

Dann bekam ich ein Halsband mit Marke und Erkennungsschildchen.

Das half mir, später wieder nach Hause zu kommen. Aber darüber berichte ich noch.

Nun zu dem Ort, an dem ich mein Leben verbringen sollte. Darlingerode ist ein schöner Ort am Harzrand gelegen mit viel Wald und Bäumen im Ort, welche ich gern aufsuchte, um an ihnen mein Geschäft zu machen.

In dem Objekt. In dem Frauchen und Herrchen wohnten, war ein großes Ferien- und Gästehaus, mit ständigen Urlaubern. Es waren stets ältere Menschen und viele Kinder, die hier ihren Urlaub verbringen durften.

Alle ankommenden Gäste habe ich erst mal angebellt. Doch als sie mir einige liebe Worte zukommen ließen, war ich glücklich und als Ausdruck meiner Freude wedelte ich mit meinem Schwänzchen.

Ich durfte auch mit den Kindern herumtollen, was mir sehr viel Spaß machte.

Nur den kleinen Bernd, der mich mal vor Wut getreten hatte, konnte ich nicht verzeihen und habe ihn bei passender Gelegenheit ins Bein gebissen.

Seitdem ließ er mich in Ruhe.

Wenn Herrchen nach der Leine griff, war ich immer außer Rand und Band, denn dann ging's mit ihm und oft auch mit Frauchen Gassi. Das war für mich immer eine Freude, wenn es Richtung Wald ging und ich auch mal von der Leine abkam und dann so nach Lust herumtollen konnte.

Oft war ich aber allein draußen. Da das Objekt nicht verschlossen war, konnte ich alles, was vorbeikam, anbellen. Da hatte ich Freude dran

. Auch vor größeren Hunden hatte ich keine Angst und verteidigte mein Revier.

Oft ging ich auch auf die Wiese, wo vorher die Kühe gegrast hatten. Ich habe mich dann oft, ganz zum Leidwesen meines Herrchens, in den Kuhfladen gewälzt, was mir riesigen Spaß gemacht hat.

Ich habe dann ganz toll gerochen.

Musste dann aber immer unter die Dusche, was mir nicht angenehm war. Herrchen schimpfte immer mit mir, denn ich wollte unter der Dusche nicht stillhalten.

Gerne habe ich aber auch im Garten nach Mäusen gegraben oder Gras gefressen, wonach ich dann Bauchweh bekam und alles wieder erbrach.

So vergingen die ersten Jahre meines Lebens und ich kam dann in sogenannte Hundemannesalter. Sehr gern bin ich mit Herrchen im Trabant einkaufen gefahren. In dieser Zeit war ich hinten auf der Ablage. Meist war ich schon eher drin als Herrchen. Doch eines Tages fuhren wir zum Tierarzt. Ich zitterte am ganzen Körper, als mich eine weiß gekleidete Frau auf einen kalten Tisch hob und mir in mein Hinterteil eine Spritze gab. Das tat schon weh.

Anschließend bekam ich eine Maske vor meine Schnauze und ich fing an zu träumen. Ich träumte von meiner Kindheit, als ich mit meinen Geschwistern und mit Muttern in unserer Kiste getobt habe. Als ich wieder aufwachte, lag ich schon in meinem Körbchen. Sehr elend fühlte ich mich. Vor allem zwischen meinen Hinterbeinen verspürte ich starke Schmerzen. Irgendwas muss man mit mir gemacht haben, denn ich verlor anschließend das Interesse an den Hundedamen. Im Lauf der Zeit habe ich mich aber an meinen Zustand gewöhnt und bin ruhiger geworden.

Oft bin ich zum Herrchen gegangen, wenn er seine Mittagsruhe, auf der Couch hielt, und stupste ihn mit meiner feuchten Nase an. Dann bin ich immer gekrault worden. Was mir sehr wohltat. Wenn ich sehr lieb war, durfte ich sogar mal auf seinen Bauch schlafen, wo es immer so herrlich warm und gemütlich war. Auch habe ich mir oft eine Nascherei in Form einer Salzstange von seinem Mund geholt.

Doch je älter ich wurde, umso öfter musste Herrchen auf mich schimpfen, vor allem dann, wenn ich abends noch einmal raus gelassen wurde, um mein Geschäft zu machen, und Herrchen rief mich dann wieder rein. Ich hörte zwar sein Rufen, aber ich machte keine Anstalten wieder reinzugehen. So war es manchmal Mitternacht, alles schlief, als ich mit lautem Gebell meine Ankunft bekundete.

Herrchen musste wohl oder übel aus dem Bett, um mich einzulassen. Es gab dann zur Strafe einen Klaps auf mein Hinterteil mit der zusammengerollten Zeitung und Herrchen schimpfte fürchterlich.

Nun möchte ich aber noch berichten, wie es mir half, dass ich an meinem Halsband meine Erkennungsmarke hatte. Es begab sich dermaßen, ich war mit Herrchen und Frauchen an einem Sonntagnachmittag wieder mal bei einem Spaziergang durch den Wald. Erst an und später ohne Leine.

Als sich hinter einem Baum etwas regte.

Ich spitzte die Ohren und mein Rückenfell sträubte sich, als ich dort ein Reh erblickte und sofort jagte ich diesem nach.

Trotz der Rufe meines Herrchens war in mir der Jagdinstinkt durchgebrochen. So jagte ich immer tiefer in den Wald hinein und die Rufe meines Herrchens wurden immer leiser.

Zu allem Übel brach die Dunkelheit herein und ich fand nicht mehr zurück.

Mir wurde bang, war ich doch durch die Hatz müde geworden und schlief in einer mit Moos bedeckten Kuhle ein.

Froh war ich, als am anderen Tag die Sonne aufging und ich mich auf eine Waldstraße begeben habe. Da kam mir ein Trabant, in dem ein Ehepaar saß entgegen.

Durch meine Freude, die ich durchs Schwanzwedeln zum Ausdruck brachte, stieg das Ehepaar aus und dank meiner Erkennungsmarke brachten sie mich wieder zu meinem

Herrchen zurück. Das war eine Wiedersehensfreude, auch mein Herrchen freute sich. Ich bedrängte ihn und sprang an ihm empor. Danach bin ich nie mehr ausgerissen.

Doch dann kam der Tag, an dem mein siebenjähriges Dasein zu Ende ging. Ich hatte im Laufe der sieben Jahre einen guten Bekannten. Es war eine Frau namens Anne Krebs, welche viele Jahre dort im Heim Urlaub machte. Es war eine gute Freundschaft geworden, da sie mich oft auf ihren Spaziergängen mitnahm und wenn sie bei schönem Wetter im Liegestuhl lag, lag ich ihr immer zu Füßen. Oft bekam ich auch ein Leckerli.
An einem Sonntagnachmittag im September des Jahres 1997 nahm sie mich, wie so oft, an die Leine und ging mit mir in Richtung Wald.
Wir kamen vorbei am Weiher, als plötzlich wie aus dem Nichts, ein großer Schäferhund aus dem Gehöft dahinter über den Zaun gesprungen kam und sich auf mich stürzte.
Die Bekannte schrie auf vor Schreck. Das half mir aber alles nichts. Der Schäferhund packte mich mit seiner Schnauze und

schüttelte mich hin und her. Dann hat er mir den Bauch aufgeschlitzt. Ich verlor die Besinnung.

Als man den Schäferhund mit Schlägen von mir getrennt hatte, kam mein Herrchen.

Er lud mich mit meinem geschundenen Körper ein und fuhr dann, so schnell er konnte, zum Tierarzt.

Dort bekam ich eine Narkose, von der ich aber nicht wieder aufwachte.

Mein Herrchen begrub mich dann unter Tränen im Objekt, in dem ich sieben Jahre glücklich gelebt hatte.

Heute

Die Geschichte vom „Ex"!

Was für ein „Ex" das ist? Warten Sie es ab, lieber Leser.

Wir, das sind meine Brigitte und ich, der Werner, waren längst dazu übergegangen, zusätzlich zu unserem jährlichen Sommerurlaub an der Ostsee noch ein- bis zweimal eine einwöchige Reise zu unternehmen.

Das machte sich mit unserem Trabi sehr gut. Die Fahrten gingen dann meist ins Gebirge, z. B. Hohe Tatra, Thüringer Wald, Erzgebirge, Riesengebirge und auch sächsische Schweiz bzw. Elbsandsteingebirge.

Dieses Mal quartierten wir uns in einem Hotel in Pirna ein, an dem auch ein Parkplatz vorhanden war.

Es war ein sehr warmer Oktober und ich kann diese Jahreszeit für das klippen- und waldreiche Gebirge wärmstens empfehlen. Die Laubbäume waren bunt gefärbt, wie der berühmte „Indian Summer" in Kanada. Man muss nicht unbedingt ein Kletterer sein, denn viele der zahlreichen Felsen sind so ausgestattet, dass man sie auch ohne Seil und Haken besteigen kann. Aber schwindelfrei sollte man schon sein.

Wir haben von Pirna aus täglich eine ausgewählte Gegend des Gebirges besucht. Immer mit Karte und Kompass, so z. B. die Gebiete um und mit der Bastei, um die Affensteine, um den Königsstein, um die Barbarine und den Mönch, um die Liliensteine, den Amselsee mit dem Talwächter. Die Freilichtbühne und nicht zuletzt auch hinter der Grenze in Tschechien das Prebischtor und eine Klamm, wo wir mit dem Floß abwärtsfuhren.

Mir als ehemaligem Kletterer ging beim Anblick einiger Felsen fast das Herz über, wenn es solche waren, auf denen ich mit meinem Jugendfreund geklettert war, wo auch unsere Namen ins Gipfelbuch eingetragen wurden. Ich grüßte diese Felsen dann gedanklich immer mit „Berg Heil".

Es war allerdings auch so, dass sich meine liebe Brigitte, genannt Gitta, sehr tapfer gehalten hat, obgleich sie als meine junge Geliebte den Schritt zum echten Klettern nicht gewagt hat. Eine Tagestour blieb uns beiden jedoch immer im Gedächtnis, weil sie mit einigen Überraschungen verbunden war.

 Diesmal hatten wir unsere Wanderung so geplant, dass öffentliche Verkehrsmittel mit einbezogen wurden. Wir fuhren also mit unserem Trabi nach Bad Schandau und von dort parallel zur Kirnizchtalbahn hinauf zum Lichtenhainer Wasserfall. Am dort befindlichen Parkplatz blieb der Trabi stehen und wir marschierten los, mit Rucksackverpflegung. Es ging über den „Kuhstall" zum kleinen und dann zum großen Winterberg, fast immer in der Sonne. An Letzterem legten wir eine Rast ein, verzehrten unsere Mitbringsel und sonnten uns noch ein wenig. Dann ging es hinüber zu den Schrammsteinen, die wir auf und ab durchqueren, mussten bis zum „Heiligen Grund", so nennt sich der Abstieg von den Schrammsteinen hinunter zur Elbe. Auch diesen schwindelerregenden Abstieg mit Leitern und Seilen bestückt meisterte meine liebe Frau sehr gut.

Unten war die Bushaltestelle, an der wir um 16 Uhr einen Bus über Schmilka nach Bad Schandau benutzen wollten. Als dieser um 16 Uhr nicht auftauchte, mussten wir annehmen, dass wir ihn verpasst hatten. Also marschierten wir weiter die gut 5 km lange Strecke parallel zur Elbe, durch Schmilka, durch Bad Schandau zur Haltestelle der Kirniztalbahn. Hier die nächste Überraschung: Man hatte an diesem Tag den Fahrplan von Sommer auf Winter umgestellt und die letzte Bahn fuhr nicht 17 Uhr 10, sondern 16 Uhr.

Was blieb weiter übrig, als nun auch wieder die Strecke zum Lichtenhainer Wasserfall unter die Beine zu nehmen?

Ein Angebot von mir, das allein zu tun, wurde von meiner Frau prompt abgelehnt. Also ging es weiter, nun schon im Dunkeln.

Der Trabi hat uns dann ohne weitere Überraschungen zum Hotel nach Pirna gebracht. Dort haben wir zunächst geduscht und uns umgezogen. Dann sind wir ins Restaurant gegangen, um dort unser Abendessen einzunehmen.

Wie üblich brachte uns der Kellner vor dem Essen die bestellten Getränke, in diesem Fall zwei Wernesgrüner Pils, 0,5 Liter, mit nachfolgender Überraschung:

Meine Frau setzte ihr Glas an den Mund und leerte es bis auf den Grund, sozusagen auf „Ex". Das hat es vorher noch nie gegeben und später auch nie wieder.

Ich habe später die Strecke, die wir gelaufen sind, auf der Karte ausgerädert.

Es waren 32 km, einfach mal so.

Aber es blieb eine unserer schönsten Erinnerungen!!

Heute

Hochzeitsbrauch vorgezogen?

Es war keine Absicht, es ergab sich einfach so!

Ich war viel zu sehr mit mir selbst beschäftigt. Da war der vorzeitige Abschluss meiner Lehre. Dies wurde mir möglich gemacht, als Auszeichnung, für meine gezeigten Leistungen.

Dann waren da noch eine Vielzahl von Hobbys wie Klettern, Wandern, Skilaufen, Singen im Chor und mit meinen Kumpels, Gitarre lernen und –spielen.

Aus diesem Grunde nahm ich dieses junge Mädchen kaum wahr, obwohl sie, die Brigitte, genannt Gitta, wirklich hübsch aussah. Meine Schwester Vera, zwei Jahre jünger als ich, brachte sie etwa zweimal jede Woche zu uns mit nach Hause, weil das Unterrichtsende für die Elektromaschinenbaulehrlinge so spät war, dass Gitta den Zug zu ihrem Dorf erst um 20 Uhr erreichen konnte.

Manchmal war auch die Teilnahme am gemischten Chor schuld daran.

So begegnete ich ihr fast ausschließlich bei uns zu Hause, oft beim Abendessen. Gitta ging dann meist allein zum Hauptbahnhof. Auch die Aufforderung meiner Mutter, doch mal Kavalier zu sein, löste da nichts bei mir aus. Bis........

Ja, bis ich wiedermal mit meinen Freunden oben im Harz, im Eckerloch, das Wochenende verbrachte. Es gab dort das Schierker Skizentrum, in dem viele Wettkämpfe stattfanden, damals noch mit Beteiligung von Ost und West. Wir Jüngeren wurden in einer Hütte direkt unter dem Schanzentisch untergebracht, die wir mit eigenen Kräften und Ideen eingerichtet hatten.

An diesem Wochenende Anfang September war „Holzmachen für den Wintervorrat" angesagt. Wir wurden kurz vor Mittag von einem Gewitter überrascht und verzogen uns in die Hütte.

Gleich darauf klopfte es an der Tür und eine Gruppe Wanderer, vom Brocken kommend, bat um Schutz vor Regen und Donner. Als sie hereinströmten, erkannte ich sie als Mitglieder des Chores vom Nachbarbetrieb und da war dieses Mädchen dabei.

Nach einer guten Stunde angeregter Unterhaltung kam die Sonne wieder raus. Ich rief meine Kumpels ungeduldig zum Weiterarbeiten auf und ging auch gleich vor die Tür zu meiner Schrotsäge. Keiner kam mir nach.

... Plötzlich ging die Tür auf und Gitta erschien, schnappte sich die eine Seite der Schrotsäge und forderte mich zur Arbeit auf. Ich habe nicht schlecht gestaunt, denn sie machte alles richtig, nur mit Zug und so, ohne Druck. Ja, und dabei strahlte sie mich so richtig nett an und sah mir fest in die Augen. Das ging mir durch und durch!

Als die Wandergruppe weiterzog, bot ich ihr an, gleich mit mir auf dem Fahrrad zu uns nach Hause zu kommen, wo sie dann wie üblich auf den Zug warten könnte.

Sie stimmte zu und losging es, über die Abfahrtsstrecke zur Brockenchaussee, nach Schierke bis Drei-Annen-Hohne, über eine Abkürzung durch das Tumkuhlental...

Da ging es ein Stück bergan, und, ehrlich, nicht ohne Hintergedanken, legte ich eine Pause ein... Nach etwas Zeit gab ich ihr einen Kuss, ganz sacht, versteht sich, und zurückhaltend. Und ich bekam eine Ohrfeige! Wir sind dann trotzdem ohne Streit nach Hause gefahren.

Als es dann Zeit war, zum Bahnhof zu gehen, stand ich diesmal mit auf und begleitete sie bis an den Zug. Sie sagte: „Auf Wiedersehen" und ging. Plötzlich drehte sie sich um, kam zurück und gab mir einen Kuss! – Ich habe sie nicht geohrfeigt, im Gegenteil: "Ich nehm ja nichts geschenkt."

Später haben wir oft an diesen Tag gedacht und auch darüber gesprochen und gelacht.

Wir fanden, dass das Holzsägen am Bock doch ein guter Brauch ist. Zumindest bei uns beiden hat er seinen Sinn erfüllt. Wir wurden ein gutes Paar, schon vor unserer späteren Hochzeit. Schön war die Zeit, auch weil ich Gitta ja immer zum Bahnhof begleiten konnte.... Bis zum nächsten Hochzeitsbrauch.

Paul

Ein Begriff, der heute kaum noch im Sprachgebrauch ist.

Fisimatenten

Mit Fisimatenten bezeichnete man in vergangener Zeit umgangssprachlich: "Unsinn, Faxen, Blödsinn und sinnlose Einwände."

So wurden wir Kinder abendlich gerügt mit den Worten: „Schluss mit den Fisimatenten, ab ins Bett."
Für mich die glaubwürdigste Erklärung zur Herkunft des Begriffes geht auf die Zeit der napoleonischen Kriege zurück.
Es ist davon auszugehen das die französischen Soldaten die Mädels und jungen Frauen mit den Worten,

„VISITEZ MA TENTE"
einluden sie in ihrem Zelt zu besuchen.

Das kleine Bäumchen

Es war an einem 80. Geburtstag. Die Gäste saßen auf der Terrasse vor dem Haus sechs der Seniorenwohnanlage in Darlingerode.
Es wurde viel gelacht, gescherzt und auch sonst Fisimatenten veranstaltet.
Als der Höhepunkt des Festes erreicht war, kam einer der Gäste auf die Idee dem Jubilar eine besondere Freude zu bereiten. Er beschloss das Bäumchen aus dem Blumentopf des Geburtstagskindes, in die Bepflanzung der Terrassenbegrenzung zu integrieren.
Er holte unter Schimpfen der Gastgeberin das Bäumchen und entsprechendes Werkzeug.
Doch auch die Einwände des Geburtstagskindes diese Fisimatenten heute zu lassen brachten keinen Erfolg.
Das Bäumchen wurde gepflanzt unter ständigem Gezeter seiner Partnerin;" Müssen diese Fisimatenten den heute sein."
Die dazugehörige Rede werde ich nicht wiedergeben, denn sie war geschmückt mit vielen Fisimatenten.
Doch damit nicht genug der Fisimatenten wurde das Bäumchen mit goldenem Weihnachtsspray eingefärbt.
Als die Geburtstagsgesellschaft vom Spaziergang zurückgekommen war, setzte sich jeder auf seinen angestammten Platz. Nach einem Moment wiegte der Erste seinen Kopf und sagte: „Die Sonne steht schon so tief, dass das Bäumchen im Gegenlicht golden schimmert." Nun schauten alle zu dem Bäumchen hin.
Tatsächlich das Bäumchen war in pures Gold gehüllt. Die Gastgeberin schaute den Verursacher an und sagte: „Immer deine Fisimatenten."

Nun begann der Spaß erst richtig. Es wurden goldene Blätter vom Baum gepflückt und dem Jubilar um dessen Trinkglas gelegt. Unter Gelächter sagte dieser: „ immer eure Fisimatenten. An diesem so lustigen Abend folgten noch viele Fisimatenten. Dem Bäumchen hat diese Verwandlung nicht geschadet, denn es wurde in der nachfolgenden Zeit vom Geburtstagskind gepflegt und hat die Fisimatenten wohlbehalten überstanden.

Heute wiegt der Wind dieses Bäumchen, wie jedes andere Bäumchen auch.

Möbius

Viel Lärm um nichts
im „Gustav-Lücke-Stift" Darlingerode

Im September 1987 kam unter der Leitung von Pfarrer Rainer Eppelmann eine Gruppe aus Berlin zu einer Familienfreizeit für zehn Tage in das Gustav-Lücke-Stift. Mit neun Trabis, einem Volvo und einem Citroën rückten die Familien an. Am anderen Morgen in der Früh', als unser ältester Sohn zur Arbeit ging, fragte er mich, ob ich schon aus dem Fenster gesehen hätte. Ich tat es danach.

Da die Autos der Gruppe im Hof, also unterhalb unseres Fensters, abgestellt waren, musste ich zum Schreck feststellen, dass alle Autos mit roter Farbe beschmiert sind. Bei genauem Hinsehen stellte ich fest, dass auch fast alle Reifen zerstochen waren. Die Gruppe war ratlos und wusste nicht, wer dies getan haben könnte.

Man vermutete einen dummen Jungenstreich, welcher gegen die Berliner gerichtet war (damals zur 750-Jahrfeier in Berlin ging ja alles, was zum täglichen Bedarf gebraucht wurde, nach Berlin). Ein Aufgebot von Kriminalpolizei, Feuerwehr und Hilfskräften bewegten sich im und ums Lückestift, um eventuelle Spuren zu finden. Selbst die Nachbarn wurden verdächtigt und im

Uetschenteich suchte man nach Relikten, die zu einer Aufklärung dienen sollten. Als damaliger Heimleiter musste ich mein Büro für drei Tage der Kripo als Anlaufstelle zur Verfügung stellen und musste anklopfen, wenn ich in mein Büro wollte. Ich bemühte mich dann um Verdünnung bei der PGH (Produktionsgenossenschaft) Maler „Bunte Stadt", damit die rote Farbe von den Pkws entfernt werden konnte. Bei der Firma Reifen-Weber konnte man 32 Trabant Autoreifen erstehen. Nur die zwei Volvo- und die vier Citroënreifen mussten mit Transporter (gestellt von der Freiwilligen Feuerwehr) in Magdeburg–Rothensee geholt werden. Ein Aufwand, der ins Grenzenlose ging.

Nach der Wende klärte sich dieser Fall dann aber auf. Ein Ehepaar, welches mit zu der Eppelmann-Gruppe gehörte, kam mit dem Volvo. Die Frau davon, eine sehr attraktive und Geschminkte Frau, war eine inoffizielle Mitarbeiterin der Stasi unter dem Decknamen „I". Sie hatte die Tat begangen, um im Auftrag der Stasi eine Zersetzungsmaßnahme gegen. Pfarrer Eppelmann durchzuführen. Damit sie aber nicht verdächtigt wurde, hat sie ihr Auto mit beschmiert und auch zwei Reifen zerstochen. Sie gestand noch am selben Tag ihre Tat und meldete diese nach Berlin, dass völlige Ratlosigkeit im Kreise der Betroffenen herrschte und die eigentliche geplante inhaltliche Arbeit am Boden liege. Doch diese Maßnahme erboste die oberste Staatssicherheitsführung. Die Frau hatte einen groben Verstoß gegen die Befehle des Genossen Ministers ausgeführt. Die Aktion sollte so nicht laufen. So war es wieder einmal ein Indiz, wie rücksichtslos die Staatssicherheitsbeamten mit ihren Mitmenschen umgingen und Befehle ausführten, die manchmal unmenschlich waren.

Högemann

Die Schuld!

Das Wort Schuld ist so leicht daher gesagt, vielem gibt man Schuld. Da ist die Schuld der Eltern, wenn das eigene Leben nicht so verläuft, wie erdacht. Ihr seid schuldig, so unser Vorwurf, dass ich nicht arbeite, dass ich trinke, oder ein Dieb geworden bin. Man kann den Eltern nur eine Teilschuld geben, solange die Kinder zu Hause sind. In dieser Zeit sind die Eltern verantwortlich.

Sie sind mit Schuld wenn sie den Kindern kein Selbstvertrauen oder das Gefühl für Recht und Ordnung mit auf den Lebensweg geben.

Doch sobald man sein Elternhaus verlässt, ist jeder für sich verantwortlich und muss aus seinem Leben das Beste machen. Man trägt allein die Verantwortung, den Richtigen oder falschen Weg einzuschlagen.

Trotzdem gibt man immer dem anderen die Schuld, wenn etwas verkehrt läuft.

Bei einem Verkehrsunfall ist immer der Andere schuldig, niemals ist man selbst schuld.

Ganz gleich was auf der Welt schief läuft, wir geben immer den Anderen die Schuld, dabei sind wir doch mit schuldig weil wir nichts dagegen, getan haben, sondern geschehen ließen.

Das Wort Schuld ist so klein und hat doch eine so große Bedeutung.

Hört man das Wort Schuld nur, so hat man gleich ein schlechtes Gewissen und überlegt was man falsch gemacht hat?

Auch wenn man sich keiner Schuld bewusst ist. Es reicht nur dieses eine Wort, Schuld!

Ich habe lange gebraucht, um nicht jedem die Schuld zu geben. Was ich aus meinem Leben gemacht habe, dafür zeichne ich allein verantwortlich. Ich selber bin schuldig, immer den verkehrten Weg gegangen zu sein. Denkt darüber nach und sucht die Schuld nicht immer bei anderen, sondern auch ein bisschen bei euch selbst!

Niemand

Dä Hochtiet von Otto Hotopp und sein Mariechen Lüttje

Otto war en S chniedermester ut dalljeroe. Hei wolle sein Marichen Frien. Dat Obgebot war bie Pastor Evers bestellt. Dä Termin vor dä Hochtiet kam ran, nun makeHei seck mit sien ganzen Brutgefolge na dä Kirche in Dallieroe open Patt. An dä Kirche annekomen hät sei ene Vertelstunne op dän Pastor äh teubet, hei kam nicht. Otto secht eck moste bi dä Husarn pünktlich sein, dann kann dä dat ohk, ganze Abteilung kehrt, wie Gatt wedder oppen Gassenberch. Se kam grade wedder tau Huse an, da kummet de Paster in Talare und dä Bibel undern Arm hinderher. Herr Hotopp ich muss mich bei ihnen entschuldigen, ich habe den Termin leider verpasst. Otto secht taun Pastor, wenn sei wat willd eck kome nicht wedder midde, dann trud se meck in Huse. Das Paar wurde wirklich in der Wohnung getraut.

Niemand

Eine Geschichte von Hermann Greifeld ‚einem Holzfuhrmann aus Ilsenburg

Die Forstarbeiter arbeiteten in der Nähe der Plessenburg, am Pisseckenplatz, da kamen einige Urlauber vorbei und frugen die Forstarbeiter, wie doch dieser Forstort genannt wird. Hermann Greifeld antwortete dat is dä Pisseckenplatz, aber mein Herr darauf die Urlauber. Hermann darauf Sei könnt Denken wat sei , dat is und bliwt dä Pissekenplatz.

Niemand

Fritze Pitten und dae Heunersuppe

Fritze war en Buer ut Dallierohe. Hei kam Middachs immer von
Ackere nahus taun Middach aeten. Et war Middach, Hei spanne
siehn Perd ut, bringet et in Stall und geit in dae Küche. Dach
Juschen, wat haste denn Hüte koket? „och saecht sei . Eck hebbe
hüte ene Suppe maket". Fritze sett seck an Disch, Hei harre den
dritten Telder bien wickele. Da fröcht Juschen, wie hat denn dä
Suppe schmecket. Fritze antwöre och dä Suppe war gut. Fritze
wetst du watt du eben ne jetten hast, dat war Heunersuppe. Da
is Fritze oppesprungen, hat den Suppenpott schnappet und secht
Juschen du wettst genau, dat eck keine Heunersuppe äte. Dat
Fenster ope retten und bruch lach dä Pott mit dä Suppe op dähn
Hof.

Paul

Begriffe, die heute kaum noch im Sprachgebrauch sind.

Zusammengestellt von Paul

Kolonialwaren – Kolonialwarenhandel
Dieser Begriff wurde bis in die 1970er Jahre verwendet. Damit
waren die „Tante-EMMA-Läden" gemeint.
In diesen Läden gab es alles zu kaufen. Lebensmittel und
darüber hinaus, Dinge für den Haushaltsbedarf.
Vom Bohnerwachs über Waschmittel, Zahnpaste, Schulhefte,
Reißzwecken, Gemüsekonserven und Wurst.

Milch, Butter und Käse standen hinter der Verkaufstheke in Kannen und großen Blöcken. Butter und Käse wurde je nach Bedarf abgetrennt und dann nach Gewicht verkauft.
Erbsen, Linsen, Reis und Bohnen lagerten in übergroßen Jutesäcken.
Mehl und Zucker in weißen Säcken.
Meist standen diese auf Zeitungspapier. Dieses Papier diente als Unterlage, auf dem Fußboden um Nässe vom Inhalt fernzuhalten.
Dann waren noch zu haben Reisigbesen, Hofbesen, Zimmerbesen und Schaufeln.
Die Preise wurden auf den Rand des Einpackpapiers geschrieben und dem Einkäufer so mitgegeben.
Als Einpackpapier für Wurst Käse und Butter diente Pergamentpapier.
Alle anderen Sachen wurden, wenn notwendig, in Zeitungspapier eingewickelt.
Jeder hat seinen Einkaufskorb oder das Einkaufsnetz zum Einkauf mitgebracht.
Sauerkraut wurde aus einem Holzfass verkauft und in mitgebrachte Gefäße gefüllt. Salzgurken in Zeitungspapier eingewickelt.
Für Milch wurden Henkeltöpfe mitgebracht und die Milch dann dort hinein gefüllt.
Dafür benutzte man die sogenannten Nößel. Nößel sind Messzylinder mit definiertem Inhalt. Diese gab es als 1/8 Liter, 1/4 Liter, ½ Liter, 5/8 Liter, 6/8 Liter und 1 Liter Gefäße. Diese Behälter waren aus Aluminium oder emailliertem Blech.
Auch Marmelade, Pflaumenmus und Rübensaft wurde lose verkauft und in die mitgebrachten Gefäße gefüllt, dann gewogen und nach Gewicht verkauft.
Eier wurden nach Dutzend (12 Stück), ½ Dutzend (6 Stück) Mandel (15 Stück), ½ Schock (30 Stück) oder 1 Schock (60 Stück) verkauft.
Zigaretten und Zigarren lagerten in einer Vitrine und wurden einzeln verkauft und später in Zigarettenschachteln. Alle Zigaretten und Zigarren wurden in Zeitungspapier gerollt und als Bündel verkauft.
Für uns Kinder waren die Kolonialwarenläden ein richtiger Magnet. Denn auf dem Verkaufstresen, neben der Kasse, standen

große Gläser gefüllt mit den leckeren Süßigkeiten in tausend Farben. Alles natürlich Lose.

Plastetüten gab es nicht.

Ursprünglich waren Kolonialwaren, in der Zeit der überseeischen Kolonien Lebensmittel aus diesen Ländereien. Dazu zählten Zucker, Kaffee, Tabak, Reis, Kakao, Tee und viele Gewürze. Die Kolonialwaren wurden statistisch nicht zum Handel gezählt, sondern getrennt erfasst.

Die Kolonialwarenläden unterschieden sich sehr stark von anderen Lebensmittelläden.

In dem Kolonialwarenladen waren sowohl innen aus auch außen sehr viele Werbeplakate und Werbeschilder angebracht.

Die Verkaufsläden waren meist Bauwerke, die alle durch ihre äußere Gestaltung auffielen.

Wie sah unser Kolonialwarenladen aus?

Es war ein Prachtbau aus gebrannten Ziegeln. Zwei Stockwerke hoch.

Das Eingangsportal zeigte zum Dorfplatz. Die Eingangstür war zweiflügelig und um diese zu erreichen, musste man 5 Granitstufen hinaufsteigen. In der untersten Granitstufe waren am Ende rechts und links, je eine Granitsäule verankert.

Die Kapitelle dieser Säulen zeigten je einen Elefanten, einen Löwen und einen Strauß.

Auf den Säulen Rute der Baldachin aus Granit, der den Balkon des ersten Stockwerkes trug.

Für uns Kinder war das beeindruckend.

Wenn die Ladentür dann geöffnet wurde, ertönte eine laute Glocke.

Wie ging so ein Einkauf vonstatten?

Wenn wir Kinder den Laden betreten haben, mussten wir erst einmal die Mütze vom Kopf nehmen, grüßen und dabei einen Diener andeuten. Dann durften wir die Mütze wieder aufsetzen. Alle Erwachsenen im Laden wurden vor uns bedient, mit der Begründung ihr habt ja Zeit. Das galt auch für die Erwachsenen, die nach uns gekommen sind.

Wer von den Erwachsenen seinen Einkauf erledigt hatte, setzte sich im Laden auf eine Bank, die mit dem Rücken zum Schaufenster zeigte.

Dann wurde der Dorftratsch abgehalten.

Dabei hatten die Sitzenden das Geschehen im Laden unmittelbar vor sich.

Zu dem Zeitpunkt war es noch üblich den Betrag, des Einkaufes, ins Schuldenbuch eintragen zu lassen. Bezahlt wurde jeweils am Montag, da die Eltern ihre Lohntüte am Sonnabend erhielten. War noch ein Schuldbetrag offen, wurde dieser laut vorgelesen und uns Kindern ans Herz gelegt der Mutter Bescheid zu geben, dass der noch offene Betrag am Montag zu zahlen ist. Anderenfalls gibt es keine Ware mehr.

Hast du den Laden betreten lieber Leser, musstest du dich von links anstellen. Dort war eine Durchgangsklappe im Tresen. Unter dieser Klappe stand ein Hocker. Auf diesen Hocker hast du alle deine Gefäße und auch Einkaufskörbe oder Taschen abgestellt. Im Laden hinter der Theke standen Frau R. und Fräulein P. Fräulein P. war die Inhaberin des Ladens und Frau R (ihre Schwester) die Angestellte.

Nun ging alles sehr schnell. Frau R nahm die Gefäße vom Hocker und fragte dich, was in jedes Gefäß hinein solle und wie viel davon.

Zur gleichen Zeit fragte dich Fräulein P, die alles abgewogen hat, ob es vielleicht etwas mehr sein dürfte. Dabei musstest du auch noch die Fragen der Dorfbewohnerinnen richtig beantworten. Wenn du dann heute hellbraunen Bohnerwachs haben wolltest, wurdest du darüber belehrt, dass ihr dafür ja keinen Fußboden habt und die Mutter immer, den dunkelbraunen Bohnerwachs genommen hat, der aber 5 Pfennige mehr kostet. Nun musstest du dich rechtfertigen, dass der helle Bohnerwachs für die Nachbarin ist und auch bei ihr anzuschreiben wäre. Dann verlangst du Zigaretten für Herrn x. Dieser, hat dir aufgetragen, du möchtest ihm heute 5 Zigaretten der Sorte f ... mit bringen. Sofort ruft Frau R von hinten aus dem Laden, der raucht nur die Sorte t ... und du erhältst diese Sorte. Du schweigst, denn Widerrede wird, sowieso nicht geduldet.

Nun weißt du schon jetzt, wenn du mit diesen Zigaretten kommst, kriegst du eine Kopfnuss und musst diese zurückbringen in den Laden.

Wenn du lieber Leser diesen Einkauf durchgestanden hast und alles nach dem Willen des Fräulein P. gegangen ist, darfst du dir

an der Kasse aus einem der Gläser ein Bonbon angeln. Aber wirklich nur eins, sonst gibt es einen Schlag auf die Finger.
Das ist uns als Kindern mindestens einmal in der Woche widerfahren.

Stricker

Kaum zu glauben!

Das Leben schreibt manchmal Geschichten, die ins Land der Fantasie gehören. Aber sie haben sich so und nicht anders abgespielt. So auch die nachfolgende Geschichte von Hans dem Bäcker.
Er konnte seine Tätigkeit nicht weiter ausüben und gelangte in einen mittleren Industriebetrieb.
Nun war er plötzlich verantwortlich für Pflege, Wartung und Reparatur eines umfangreichen Technikbestandes.
So wurde aus Hans dem Bäcker, Hans der Technikbrigadier.
Das war keine leichte Aufgabe für ihn. Zumal er auch verantwortlich war für die Beschaffung von Ersatzteilen für die Instandsetzung dieser Fahrzeuge.
Dann geschah es, das Hans, von seinem Vorgesetzten den Auftrag erhielt bei seiner nächsten Einkaufstour unbedingt Zwischengasbehälter für die Dieselfahrzeuge mitzubringen, da diese nachgerüstet werden müssten.
Hans sah seinen Chef ungläubig an. Da erläuterte dieser ihm, dass die Zwischengasbehälter als Nachrüstsatz eingebaut werden müssen. Der Einbau habe in den Abgas Leitungen der Motoren zu erfolgen, damit die Getriebeschaltprozesse leichter vonstattengehen.
Überzeugt war Hans von dieser Erklärung nicht, aber er hatte nichts entgegenzusetzen.
Am nächsten Tag fuhr Hans wie ihm aufgetragen zum Materialeinkauf. Im Einkaufslager wussten alle Bescheid und haben schon auf Hans gewartet.

Als dieser ankam, wurde er sofort mit den Teilen seiner Einkaufsliste versorgt. Nur die Bereitstellung der Zwischengasbehälter bereitete Probleme. Dann wurde ihm erklärt, dass diese nur in Einzelteilen vorrätig wären und diese dann vor Ort angepasst und angebaut werden müssten. So ließ man Hans auf und ab im Materiallager wandern und lud ihm allen verfügbaren Schrott auf den Plattenwagen.

Dann half man ihm noch beim Aufladen und Hans fuhr zufrieden in seinen Betrieb.

Dort wiederum wurde angerufen und sein erfolgreicher Einkauf angekündigt.

Im Betrieb traf er dann einen guten Kollegen, noch bevor er seine Werkstatt erreichte und dieser erklärte ihm dann, dass es überhaupt keine Zwischengasbehälter für Dieselmotoren gibt.

So fuhr Hans sofort zum Schrottplatz und entlud den mitgebrachten Schrott an dieser Stelle.

In der Werkstatt angekommen hat er dann behauptet, die Zwischengasbehälter werden nächste Woche nach geliefert.

Jeder wusste Bescheid und schmunzelte vor sich hin.

Hans hat sehr schnell die Arbeitsstelle wieder gewechselt.

Stricker

Der böse Unfall

Es geschah vor rund fünfzig Jahren.

Zu diesem Zeitpunkt war ich als Abteilungsleiter im Karftverkehrsbetrieb Waldheim / Sachsen beschäftigt.

Ich hatte das Nutzungsrecht am Dienstwagen der Abteilung Verkehr. Aber was nutzt dieses Recht, wenn das Auto mal wieder unterwegs war.

Der Auftrag des Chefs musste erfüllt werden.

Also bat ich den Technischen Leiter um die Genehmigung, das Motorradgespann des Fahrmeisters benutzen zu dürfen.

Die Genehmigung in der Tasche fuhr ich in Richtung Hartha den steilen Berg hinauf. Oben angekommen geriet ich auf die linke

Fahrspur und bin mit einem entgegenkommenden PKW kollidiert.

Durch die Wucht des Aufpralls wurde ich einige Meter weiter in einen Schotterhaufen geschleudert. Ich hatte eine schwere Gehirnverletzung und verlor das Bewusstsein.

Ein Krankentransporter hat mich dann in diesem Zustand aufgesammelt und im Krankenhaus Waldheim abgeliefert.

Nach geraumer Zeit kehrten meine Lebensgeister wieder zurück. Aber noch heute erlebe ich den Flug nach dem Aufprall in so manchem Traum.

Dem Personal des Krankenhauses habe ich es zu verdanken, dass ich heute in der Lage bin, diese Zeilen zu schreiben.

Stricker

Unser tägliches Brot

Wieder einmal war es Herbst geworden in den Bergen des Harzes. Die Sonne zeigte sich nur noch selten.

Die Menschen in der Seniorenwohnanlage Darlingerode, am Rande des Harzes, hatten sich darauf eingestellt. Ab und an fielen einige Worte der Klage, wenn auch deren Gründe nicht recht nachvollziehbar waren.

Hier nun ein Beispiel. Die Teilnehmer am Frühstück und Abendbrot haben die Möglichkeit zwischen mehreren Brotsorten zu wählen. Nun bestanden aber einige Bewohner darauf, nur große Schnitten essen zu wollen. Das Brot hat aber nun bekanntlich mal zwei Enden und einen unterschiedlich dicken Laib. Wie sollte das gehen? Was geht in diesen Menschen vor? Was veranlasst sie zu solcher Handlungsweise? Sie sollten sich doch einmal den Sinn erklären warum und wozu sie Brot essen. In vielen Teilen der Welt wäre man mit Brotkrumen zufrieden und hier? Beim Brot geht es doch in erster Linie um die Ernährung und nicht darum, an großen Brotscheiben sein Auge zu erfreuen.

Diese Einstellung ist mir für unser wichtigstes Grundnahrungsmittel zu wenig Achtung.

Die Herrschaften sollten einmal in sich gehen und ihre Einstellung zum Brot ändern.

Verfasser unbekannt

Eine Geschichte zum Nachdenken

Es geschah einmal, dass der Vater seinen Sohn mit auf Dienstreise nahm. Sie fuhren aufs Land, denn der Vater wollte dem Sohn zeigen, wie ärmlich die Menschen auf dem Land leben und wie gut hingegen das Leben in der Stadt ist.

Beide verbrachten einen Tag und eine Nacht auf einem kleinen Bauernhof.

Nach dem sie wieder in der Stadt waren, fragte der Vater den Sohn, nach einigen Tagen, wie es ihm auf dem Lande gefallen habe?

Er sagte zu ihm, hast du gesehen, wie arm Menschen sein können?

Der Sohn antwortete, ja Vater das habe ich gesehen.

Was hast du daraus gelernt, fragte der Vater weiter.

Sehr viel antwortete der Sohn.

Denn wir haben nur einen Hund und die Leute hatten vier Hunde.

Wir haben nur einen Swimmingpool, der bis zur Mitte unseres. Gartens reicht und die Leute haben einen See, der gar nicht mehr aufhört.

Wir haben prächtige Lampen in unserem Garten. Und sie haben die Sterne.

Unsere Terrasse reicht bis in den Vorgarten und sie haben den ganzen Horizont.

Dem Vater hat es die Sprache verschlagen.

Der Sohn fügte noch hinzu. Danke Vater, dass du mir gezeigt hast, wie arm wir doch sind!

Möbius

Nur ein harmloser Tippfehler

Ein Ehepaar aus Deutschland hatte beschlossen dem kalten Winter, zu entfliehen und in der Südsee zu überwintern.
Der Mann flog voraus, um alles zu organisieren.
 Nachdem der Mann angekommen war, holt er seinen PC hervor und schickt sogleich eine E-Mail nach Hause.
Dabei unterläuft ihm ein Fehler, denn er verwechselt einige Buchstaben.
Die E-Mail, kommt bei einer Witwe an, die tags zuvor ihren Mann zu Grabe getragen hat.
 Diese blickt in ihren PC, um eventuelle Beileitsbekundungen von Freunden und Bekannten zu lesen.
Ihr Sohn betritt das Zimmer und sieht die Mutter ohnmächtig vor dem PC liegen. Er schaut auf den Computer und traut seinen Augen nicht.
Da steht zu lesen.

An: meine zurückgebliebene Ehefrau.

Von: - deinem vorausgereisten Ehemann

Betreff: - bin angekommen.

Meine liebste ich bin soeben angekommen.
 Habe mich hier bereits eingelebt und habe alles für dein morgiges Ankommen vorbereitet.

Ich wünsche dir eine gute Reise und erwarte dich.
In Liebe dein Mann.

P. S. Es ist verdammt heiß hier unten!!!

Paul

Auf zu den Kranichen

Eine Begebenheit aus
dem Naturschutzgebiet der Masuren

Es ist Ende April und das Wetter noch sehr kalt.
Der Frühling lässt auf sich warten. Dennoch sind viele Tiere
schon sehr aktiv, so auch die Kraniche. Ich versuche sie seit
Tagen vor die Kamera zu bekommen. Bisher ist mir dies nur
schlecht gelungen.
  Heute ist die Sonne bereits aufgegangen und ich werde einen
erneuten Versuch starten.
  Noch liegt Nebel über den Wiesen am Fluss. Das kommt mir sehr
gelegen. Das Thermometer zeigt +2 °C, also noch kalt.
  Dann schnell gefrühstückt und aufs Fahrrad in Richtung
Naturschutzgebiet zur Kranichwiese.
  Plötzlich ist mein Freund der Schäferhund wieder neben mir.
  Er bekommt wie immer ein Leberwurstbrot und begleitet mich
bis zur Brücke über den Fluss Krytina.
  Von nun an versuchte ich jedes Geräusch zu vermeiden. Circa
400 m vor der Wiese schalte ich auch den Elektroantrieb am
Fahrrad ab. Dann fahre ich an der Wiese vorüber, weiter bis zum
nahe gelegenen Wald. Dort schließe ich mein Fahrrad an einem
Baum an.
  Nun beginne ich schrittweise an die Vögel heranzukommen.
Immer wenn sie Laute von sich geben, gehe ich in der Deckung
des Waldes näher an sie heran. Es sind noch ca. 150 m bis zur
Kranichwiese.
Schon kann ich aus meinem Versteck die Tiere gut sehen. Sie sind
scheinbar auf Futtersuche. Es sind drei Tiere. Aber nur zwei von

ihnen steckenden Kopf ins Wiesengras, der dritte hält derweil Ausschau, also Wache.

Ich muss näher an die Kraniche heran, denn die Entfernung ist für meine Kamera noch viel zu weit.

Der Wachposten der Kraniche hat, so glaube ich, mich längst gehört und schaut ständig in meine Richtung. Ich bleibe hinter einem dicken Baum stehen.

Nur gut das ich den grünen Pullover angezogen habe.

Auf dem Waldweg kommt ein PKW gefahren. Sehen kann ich ihn nicht nur hören. In Höhe meines Fahrrades hält er an, die Autotür wird geöffnet und wieder geschlossen.

Seltsam, der Motor läuft weiter. Nur gut die Kraniche bleiben ruhig.

Ich weiß nicht soll ich zum Fahrrad zurückgehen oder bleiben? Die Entscheidung fällt zugunsten der Vögel, also bleiben. Ich warte ab, möchte gerade weiter gehen, da merke ich, wie ich mit dem Rücken an Zweige stoße.

Die waren doch gerade noch nicht da denke ich und weich nach vorn aus. Trete also vor den Baum, damit ich diesen im Rücken habe.

Im gleichen Moment erstarre ich zu einer Salzsäule, denn vor dem Baum, direkt neben mir steht schon jemand in Uniform.

Mir zittern die Knie ich kann nicht sprechen. Der Uniformierte zeigt mit dem Finger in den Wald, dann hält er ihn vor seinen Mund.

Ich folge seiner Aufforderung und gehe voran, er folgt mir in einigen Metern Abstand. Es werden ewige Sekunden, bis wir ca. 10 m zurückgelegt haben.

Ich höre noch wie die Kraniche davon fliegen.

Nun spricht mich der Uniformierte in Polnisch an und redet und redet. Ich verstehe kein Wort, bin viel zu aufgeregt.

Nach einigen weiteren Metern stammele ich nur" Nemetzki". Er lacht ganz laut, das irritiert mich noch mehr.

Er bleibt stehen und fragt mich im „sächsischen Dialekt „ was wollen sie hier? Ich erläutere ihm mein Anliegen und er klopft mir auf die Schulter.

Wir gehen gemeinsam zum Auto zurück und er erzählt mir, dass er seit einigen Tagen schon weiß, dass ich hier bin. Man hat ihm davon berichtet.

Dann fragt er mich, warum ich immer allein im Wald unterwegs bin.

Ich berichte ihm von meinem Vorhaben, alle Erlebnisse aufzuschreiben. Er berichtet von seinen Aufgaben und seinen Erlebnissen mit deutschen Urlaubern.

Er ist nicht sonderlich angetan davon. Wir unterhalten uns noch recht lange über die Natur.

Ganz unverhofft fragt er mich, ob ich die Seidenschwänze schon gesehen habe. Ich antworte ihm, dass ich davon schon einige Einzelexemplare zu Gesicht bekommen habe aber noch keinen richtig vor die Kamera.

Eine etwas unscharfe Aufnahme kann ich ihm zeigen. Dann rede ich ohne Aufforderung weiter, dass diese Vögel ja eigentlich weiter oben im Norden anzutreffen sind. Wenn sie hierher ausweichen, bedeutet das einen lang anhaltenden Winter, meist bis in den Mai hinein.

Er nickt nur und sagt, ja das haben wir in diesem Jahr hier zu verzeichnen.

Wir sind an seinem, noch immer laufendem Auto, angekommen und verabschieden uns herzlich.

Dann steigt er ein und bevor er abfährt, kurbelt er die Autoscheibe herunter und fragt mit einem Lächeln: „Du weißt, dass es hier Wölfe gibt?" Ja sage ich schon am 2. Tag habe ich Fußspuren gefunden. Las sie bitte in Ruhe, sie haben schon junge.

Das verspreche ich und winke ihm nach.

Die Kraniche waren für heute verschwunden. Um sie zu sehen, musste ich erst einmal herausfinden, wo ich sie denn in der kommenden Zeit finden würde.

Den Rancher habe ich nie wieder gesehen. Schade ich hätte mich gern noch einmal mit ihm unterhalten.

Paul

Ein Besuch bei den Wölfen.

Meinen Urlaub habe ich in den masurischen Wäldern Polens verbracht. Überall wohin ich kam, waren freundliche hilfsbereite Menschen anzutreffen.

Um der Natur ganz nahe zu sein, habe ich den Förster gebeten meinen Wohnwagen auf einer Wiese, direkt am Fluss stationieren zu dürfen. Diese Erlaubnis habe ich erhalten und war damit weit ab jeder Zivilisation ohne Strom und ohne Leitungswasser. Nur 10 m vom Fluss entfernt.

Es war ein wunderbares Fleckchen Erde. Von hieraus startete ich meine täglichen Exkursionen in das Naturschutzgebiet.

Es war Ende April und die Vegetation noch nicht weit fortgeschritten. Die häufigsten Blumen im Wald waren die Blau blühenden Leberblümchen. Meinem Standort gegenüber hatte sich ein Schwanenpaar zur Brut eingerichtet. Sie fühlten sich durch meine Anwesenheit in keiner Weise gestört.

Am Tag meiner Ankunft jedoch bin ich zum Fluss gegangen, um Wasser zu holen, und war gerade dabei den Eimer zu füllen, als einer der Schwäne einen Angriff gegen mich startete.

Vor Schreck lasse ich den Eimer fallen und weiche zur Seite aus. Damit hatte ich nicht gerechnet. Als er erneut auf mich zukam, habe ich ihn laut angeschrien und mit dem Eimer geklappert.

Das hat ihn von seinem Vorhaben mich zu vertreiben abgehalten. Von der Stunde an waren wir gute Freunde und sie haben später auch Leckerli von mir angenommen. Der Sicherheitsabstand von einigen Metern ist aber immer geblieben. Wir haben uns gegenseitig respektiert.

Als Sonderling auf der Wiese am Fluss hatte ich, auch des öffneten Besuch von Personen aus dem Ort. Zu Beginn des Treffens war es stets das Gleiche. Die Bewohner aus dem Ort sprachen mich in Polnisch an und warteten, was geschah.

Stets habe ich in Polnisch zurückgegrüßt und das fanden sie sehr gut. Nach einigen Tagen war ich für sie der Förster aus Deutschland mit einem seltsamen Auto.

Dieses Model verkauft Nissan wohl in Polen nicht.

Den Kasten Bier hatte ich bis hierher unberührt gelassen. Es war Bitterfelder Bernsteinbier, ein sehr gutes relativ dunkles Bier von gutem Geschmack. Meist kamen sie gegen Abend, wohl angelockt durch meine Fackel.

Diese bestand aus einer Rolle Toilettenpapier. Diese Papierrolle wurde in erhitztes Kerzenwachs gestellt und dann gewartet bis die gesamte Rolle damit vollgesogen war. Nach dem das dann richtig abgekühlt war, brannte so eine Fackel stets in 80-90 Minuten mit gleichbleibendem Flammenbild nahezu Rückstandslos ab.

Nach kurzer Zeit kannten mich alle in dem kleinen Örtchen und jeden grüßte ich freundlich.

Die erst Freundschaft habe ich mit einem im Dorf freilaufenden Schäferhund geschlossen. Nach dem ich ihn mit Leberwurstbrot bestochen habe kam er immer wieder um nach mir zu sehen. Wenn ich morgens zu meiner täglichen Fahrradtour aufgebrochen bin, war er wie aus dem nichts neben mir und begleitete mich bis zur Brücke am Ortsausgang. Dort habe ich dann angehalten und im zur Belohnung ein Leberwurstbrot gereicht. Stets hat er dieses sehr vorsichtig aus meiner Hand angenommen und niemals zugeschnappt. Nach dem er es verspeist hatte, erhielt er noch einige Streicheleinheiten, bevor er zurück ins Dorf gelaufen ist.

Am Abend hat er mich dann wieder empfangen und hat mich zu meinem Wohnwagen begleitet. Nach dem er dort ein weiteres Leberwurstbrot erhalten hatte, lief er von Tannen.

Im Lebensmittelladen waren zwei junge Verkäuferinnen beschäftigt. Das Einkaufen funktionierte mit zeigen. Wenn ich Glück hatte, waren ältere Damen im Laden dann sprach ich meine Bitte in den ersten Tagen mithilfe des Wörterbuches aus. Aber das hat auch nicht immer geklappt, so verlangte ich Bindegarn und erhielt eine Tüte Holzkohle. Da übersetze eine der älteren Damen meinen Wunsch ins polnische zum allgemeinen Gelächter der Anwesenden. Von der Stunde an war das Eis gebrochen. Ich bin immer dann zum Einkaufen gegangen, wenn die Wahrscheinlichkeit groß war im Laden eine etwas ältere Dame an zu treffen.

Dann wurde das Wetter immer schlechter, ich sparte mit Strom, wo es nur ging. Aber ohne Sonne funktioniert auch die beste

Solaranlage nicht. Alles war nass und furchtbar kalt. In den letzten Tagen bin ich mit der Fahrradbatterie unter dem Arm und das Ladegerät in der Hand in die Gaststätte gegangen, um Kaffee zu trinken. Da hat dann das Kaffeetrinken immer gut zwei Stunden gedauert, das heißt bis die Batterie wieder geladen war. Der Gastwirt hat nur gelacht, wenn ich gekommen bin.

Da von Wetterbesserung keine Rede sein konnte, habe ich mich dann entschlossen diesen Campingaufendhalt zu beenden.

Dies habe ich dem Förster mitgeteilt und ihn gebeten meinen Wohnwagen mit seinem Allrad-LKW von der Wiese zu ziehen. Meinen Standort hätte ich sowieso räumen müssen, da der Fluss bedrohlich gestiegen ist.

Wir hatten vereinbart dies am nächsten Tag auszuführen.

Am gleichen Abend ist er dann gekommen und hat mich eingeladen mit ihm die Wölfe zu besuchen. Da ich eine solche Gelegenheit in meinem Leben nie wieder erhalten würde sagte ich sofort zu. Wir vereinbarte dass er mich am nächsten Tag um die Mittagszeit abholen wird.

Wie gesagt so getan.

Nun erzählt er mir auch, dass dieses Wolfsrudel seit 7 Jahren von ihm betreut wird.

Ich bin furchtbar aufgeregt, der Förster hingegen zeigt keine Regung. Wir fahren in seinem PKW zum Biwakplatz, an dem ich schon so oft gewesen bin. Manchmal habe ich mich hier schon beobachtet gefühlt. Die Ursache dafür aber nicht gefunden. Einmal, ich machte am Tisch ein Nickerchen nach dem Frühstück, bin ich aufgeschreckt und glaubte ein Knurren gehört zu haben. Aber gesehen habe ich nichts.

Wie weit müssen wir noch laufen, frage ich den Förster? Wir sind schon da, antwortet er mir. Die Wölfe wohnen nebenan in diesem Hügel. Ich schaue ihn ungläubig an. Doch glaub mir. Komm, wir gehen sie besuchen.

Es ist alles so unspektakulär, ich weiß nicht, was ich mir vorgestellt habe. Der Förster steht vor mir mit einem dünnen Seil in der Hand und einer vom Gebrauch gezeichneten Zeltplane. Sonst nichts, kein Gewehr oder der gleichen. Der sagt nur komm und geht in Richtung Hügel. Ich zögere kurz. Er dreht sich um und sagt, du musst dicht bei mir bleiben, dann geht er weiter. Sofort bin ich dicht hinter ihm. Er beginnt leise und ruhig zu sprechen. Dreht sich zu mir um und sagt, die wissen längst, dass wir kommen. Siehst du da vorn den umgestürzten Baum? Dort ist der Eingang. Das sind nur knapp 200 m bis zum Biwakplatz, denke ich so bei mir.

Da bleibt der Förster stehen. Er zeigt auf dem Baumstumpf 3 m vom Eingang entfernt. Dort werden wir uns erst einmal hinsetzen. Die Zeltbahn legt er mit einem Ende über den Stumpf, dann muss ich mich darauf setzen. Nun schlägt er die Zeltbahnen über mich zusammen, lacht und sagt leise, damit du nicht frierst. Dann setzt er sich neben mich und erzählt mir in normaler Lautstärke wie ich mich verhalten soll, wenn er in die Höhle kriecht.

Ich schaue ihn an und zeige auf die Zeltplane. Die nehme ich immer mit, wenn ich hier bin und mich mit den Wölfen unterhalte. Dreh dich bitte mal nach links und schau zu der Kiefer, aber steh nicht auf. Ich tat wie mir geheißen und mir stockte der Atem.

Hinter der Kiefer stand ein Wolf mit gefletschtem Gebiss. Die blanken Kiefer, die großen weißen Zähne. Der Förster legte mir die Hand aufs Knie und sagte bleib ruhig, bleib ruhig der tut dir nichts.

Das ist der Wolf. Also ist die Wölfin mit den beiden Jungen im Bau. Es war unheimlich. Der Wolf lief nun im Abstand von ca. 10 m im Halbkreis um meinen Sitzplatz. Der Förster hingegen holte in aller Ruhe die Stirnlampe aus seiner Hosentasche. Der Wolf hingegen knurre und fauchte, er ließ keinen Blick von uns. Nun begann er auch noch mit den Kiefern zu klappen, es war schauerlich. Ich war wie gelähmt. Keiner Bewegung fähig und zitterte am ganzen Körper. Dan sagte der Förster ich hohle dir jetzt ein junges aus der Höhle. Ich schaute ihn wohl entgeistert an.

Er sagte, ohne gefragt zu werden. Der Wolf kommt nicht näher, wenn du nur ruhig sitzen bleibst. Nicht aufspringen und davon rennen. Der Wolf ist mit Sicherheit schneller als du. Fotos bitte ohne Blitzlicht.

Ach ja meine Kamera war ja noch in der Hosentasche. Ich wollte sie hervorholen, da begann der Förster zum Höhleneingang zu kriechen. Indem Moment heult der Wolf auf, ich bin vor Schreck fast vom Baumstamm gefallen.

Der Förster dreht sich noch mal um und sagt alles gut. Bleib sitzen.

Mir schlottern die Knie, der Wolf steht mir gegenüber, mit gefletschtem Gebiss. Er schaut mir direkt in die Augen und startet immer wieder Scheinangriffe, kommt dabei aber nicht näher.

Der Waldboden wird von seinen Pfoten aufgerissen und nach hinten geschleudert. Nun als er bemerkt, ich rühre mich nicht und schaue ihm nicht mehr direkt in die Augen.

Sofort beginnt er wieder im Halbkreis um mich zu laufen und mit dem Gebiss zu klappern. Der Speichel steht ihm vor dem Maul und tropft.

Der Förster ist in der Zwischenzeit in der Höhle verschwunden. Nur noch die Stiefel schauen hervor. In der Höhle faucht es, die jungen Wölfe piepen und quietschen ganz schauerlich. Ich lasse Kamera sein und halte die Enden der Zeltplane fest.

Nun bewegen sich die Beine des Försters wieder. Er kommt zurück ans Tageslicht. Sein ganzer Körper ist voller Sand. Dann sagt er, die Alte hat gemerkt, dass heute etwas anders ist als sonst und har kein Junges hergegeben.

Als der Förster wieder aus dem Bau ist, wird der Wolf ruhiger. Er setzt sich sogar auf seine Hinterpfoten.

Im gleichen Moment heult er los. Schon bin ich vor Schreck wieder auf dem Sprung.

Der Förster drückt mich zurück auf den Baumstumpf und sagt ärgerlich zu mir. Mach keinen Blödsinn. Antworten kann ich nicht. An mir schlottert alles, was sich bewegen kann.

Im gleichen Augenblick bricht das fürchterlich Geheul ab. Der Wolf dreht wieder seine bekannten Runden. Doch plötzlich ist er verschwunden. Ich sehe ihn nicht mehr. Auch ist er ruhig gewoben.

Ich schaue den Förster an, der weist nur mit dem Kopf in Richtung meines Rückens und sagt dreh dich langsam um. Ich traue meinen Augen nicht, da steht er in kurzer Entfernung in halb gebückter Stellung,

. Die Vorderläufe gespreizt den Kopf dazwischen mit weit geöffnetem Maul und hochgezogenen Lefzen.

Ich kriege den Blick nicht wieder von ihm los. Da steht der Förster auf und spricht etwas auf Polnisch zu ihm.

Zu mir sagt er, wende deinen Blick ab er merkt, dass das du Angst hast. Nur mit Mühe kann ich meinen Blick abwenden.

Nach dem ich das geschafft habe, spricht der Förster immer noch mit dem Wolf, aber nun, im leisem Befehlston.

Siehe da steht der Wolf wieder neben der Kiefer in gehöriger Entfernung und lässt keinen Blick von uns.

Der Förster setzt sich wieder neben mich. Dann erzählt er von den Wolfen. Ich höre, dass er spricht, aber was er spricht, kommt nicht bei mir an. Wie lange wir so gesessen haben weiß ich nicht. Für mich war es eine Ewigkeit. Dann setzt er mir die Kopflampe auf und bindet mir die mitgebrachte Schnur um den Mittelfinger. Ich lasse es geschehen. Dann sagt er, so nun kriechst du hinein, schau sie dir wenigstens an. Keine Angst sie tun dir nichts, mein Sohn war auch schon im Bau.

Was mich plagt, ist pure Angst, aber so eine Gelegenheit kommt in meinem Leben nicht wieder.

Ich krieche zum Wolfsbau. Dann verlässt mich der Mut.

Der Eingang ist vielleicht 40#40 cm, wenn überhaupt. Ich mache mich auch noch besonders groß und stecke nur den Kopf hinein. Es verschlägt mir den Atem. Es riecht furchtbar nach Ammoniak, also Urin. Sehen kann ich von hieraus nichts. Ich beschließe, wieder zurück zu kriechen.

Als ich dann wieder im Tageslicht bin, frag der Förster:" Hast du die Wölfin gesehen?" Nein sage ich:" Nur gerochen. „ Er lacht.

Dann sag er:" las uns gehen die brauchen nun wieder ihre Ruhe." Im Gehen wirft er noch eine Fleischportion vor den Eingang. Nun gehe ich vor dem Förster. Ich werde immer schneller, bis wir den Biwakplatz erreichen. Erschöpft falle ich auf die Bank. Der Förster legt das Seil und die Zeltplane ins Auto und holt einen kleinen Picknickkorb hervor. In dem sind auch zwei kleine Fläschchen (OLD LIQUEUR-, Krupnik). Er reicht mir eine und sagt auf deine Gesundheit. Ich antworte auf die Wölfe und trinke sie in einem Zug aus.

Dann bietet er mir noch etwas Kuchen an. Der ist von meiner Mutter, sagt er. Ich muss dankend ablehnen, ich bekomme keinen Bissen herunter. Der Geruch aus der Wolfshöhle, unterbindet jede Möglichkeit, etwas zu essen. Wir sitzen noch ca. 10 Min. Ich kann nicht still sitzen schaue ständig nach allen

Seiten. Der Förster lacht und sagt. Die Wölfe schauen uns nur an, sie tun uns nichts.

Mir ist es unheimlich, ich fühle mich so beobachtet wie schon einige Male. Aber sehen kann ich den Grund dafür auch diesmal nicht.

Der Förster hingegen erklärt mir, schau mal in Richtung See, dort stehen einige Distelbüsche siehst du sie. Ja sage ich. Und weiter fragt er. Nichts weiter antworte ich. Schau genau hin, sagt er. Als ich wieder zu den Disteln schaue wiegen sich die Stängel, aber es weht kein Wind.

Dort sind die Wölfe meistens, wenn ich hier hin. Sie kennen mich sehr genau und auch die Zeltplane, die ich dir umgehangen habe. Hast du dir das so vorgestellt, fragt er mich dann.

Ich weiß es nicht, sage ich. Ich muss das alles erst einmal verdauen.

Der Wolf hat mir mächtig imponiert. Zweimal hätte er es beinahe geschafft mich auf zu scheuchen. Das wäre das schlimmste gewesen, was hätte basieren können. Ob es mir gelungen wäre ihn von dir abzulenken weiß ich nicht zu 100 %. Du weißt ja, ein Restrisiko bleibt immer, es sind ja keine Schoßhündchen.

Nein wirklich nicht pflichte ich ihm bei. Du hattest doch keine Angst oder.

Nur ein kleines Bisschen gestehe ich ihm. Er lacht und sagt:" komm wir wollen einen Kaffee trinken gehen."

Dann gehen wir zum Auto und fahren in den Ort zurück.

Das Erlebnis meines Lebens ist zu Ende.

Ich danke dir lieber Norbert, so heißt der Förster, von ganzem Herzen, das du mir diesen Wunsch erfüllt hast.

Daran werde ich mein Leben lang denken.

Wermke und Podstawka

Der kleine Elefant

Es war einmal in einem fremden Land,
dort lebte ein kleiner frecher Elefant.
Schon früh am Morgen kommt er zu seiner Mamma gerannt,
und wartet ganz gespannt
was es zum Frühstück gibt
und das sie sagt, ich hab dich ganz toll lieb.
Trompetend und mit Lautem trara
läuft er in den Kindergarten
und ruft
„Hallo ich bin wieder da,
lasst uns spielen am besten Feuerwehrmann
weil ich mit meinem Rüssel das Wasser aufsaugen
und sehr gut verspritzen kann".

Keine Flammen halten das aus
und gelöscht wird dann jedes brennende Haus.
Ein Giraffenkind überlegt ganz schnell
und meinte sehr wichtig:
„ja ja bin dann, als Leiter zur stell
und weil Äffchen Bongo prima klettern kann
wird er ebenfalls aufgenommen als Feuerwehrmann".

Mit einem schrillen tatü tata tatü tata
macht Platz die Feuerwehr ist da,
eine riesen Pfütze vom letzten Regenguss
kam den drei kleinen Schlingeln ganz recht
und einen witzigen Endschluss.
Der kleine Elefant holte tief Luft
und mit einem kräftigen Ruck
war das ganze Wasser im Rüssel,
aber plötzlich was war denn das?
Er musste niesen,
oh je es regnete wie aus 1000 Schüsseln
genau auf Frau Nashorn, die Kindergartentante.

Oh weh, oh weh sie wollte gerade zum Mittagsschmaus rufen,
aber völlig durchnässt schrie sie:
„Für euch gibt es nachmittags keinen Kakao und Kuchen".
Betroffen standen sie da mit hängenden Ohren.
„Bitte Frau Nashorn es tut uns Leid.
Haben zum Üben sonst keine Zeit,
denn später irgendwann
wird jeder von uns ein Feuerwehrmann.

Nun nicht mehr mit ganz so strengen Blick meinte die Tante:
„Na gut ich glaube euch und ihr habt Glück.
Lasse Gnade vor Recht ergehen
und nach dem Mittagsschlaf könnt ihr doch
zum Kakao trinken und Kuchenessen gehen."
Morgen es fällt mir nicht schwer
und wenn ihr es möchtet,
hole ich eine echte Feuerwehr zu uns her.
Damit ihr seht, wie das so geht
und was man machen kann, dass erst gar kein Brand entsteht.
Was meint ihr dazu?

Unter den kleinen Rackern war ganz schnell Ruh
aber dann kam ein lautes einstimmiges Jaaaaa...
Vielen Dank Frau Nashorn wir freuen uns sehr
und morgen sind wir alle ganz pünktlich wieder hier.

Nach dem Essen schliefen alle ganz schnell ein,
träumten davon einmal ein Feuerwehrmann zu sein!

Wermke und Podstawka

Der Engel Metatron.

Liebe ::::: meine Kleine, manchmal fühlst du dich so alleine
und damit du merkst das deine Oma :::::: an dich denkt
Gibt es zu deinem Geburtstag
eine Gutenachtgeschichte als Geschenk.

Hallo! ::::: kennst du schon, die Geschichte vom kleinen Engel
METATRON?
Der ein ganz „Großer" werden wollte und beschützen alle
Leute???
Nein? Na dann komm her, ganz dicht heran, ich erzähle dir, wie
alles begann.

Jeden Abend so gegen "Acht" wird ::::: ins Bett gebracht.
Doch sie wollte nicht schlafen gehen und gleich wieder aus dem
Kinderzimmer fliehen.

Mama! Lass mich nicht allein, habe Angst,
ein Gespenst
beißt mich ins Bein.
Ich habe Hunger und Durst, muss mal aufs Klo,
lass das Licht an und die Tür auf,
ich fürchte mich so...!

::::::'s Mama lächelt und meinte:
„Gib endlich Ruh,
kleine Gespenster schlafen schon lange,
nur nicht du"!!!

Jede Nacht das gleiche Spiel und dann wurde es
der Mama zu viel!
Als das kleine Mädchen endlich schlief,
schrieb ihre Mama an Gott einen Brief.
Bitte schicke uns ein Engelein,
damit ::::: in ihrem Bett sich nicht fühlt so allein!

Gott verstand den sorgenvollen Ton
und schickte denkleinen Engel METATRON.

Er schwebte ins Zimmer und sah sich um,
schaute unters Bett, in den Schrank,
in jede Ecke
und meinte wie dumm-
kein Gespenst. Kein schwarzer Mann,
der ::::: etwas tun kann.
Was mache ich jetzt?
Habe einen Auftrag zum Schutz gedacht,
halte trotzdem Wache die ganze Nacht.

::::: schlief ruhig und tief bis in den Morgen
und diesmal ohne Angst und Sorgen.

Ganz schnell wurde es hell,
ihre Mama aus der Küche rief:
„Steh auf mein Kind die Sonne lacht.
Der Kindergarten wartet und deine Freunde,
haben bestimmt auch schon an dich gedacht."
Du warst so lieb und bliebst in deinem Bett,
hast nicht geweint das fand ich nett
und damit du keine Angst mehr haben brauchst,
bleibt ein Engel namens
METATRON,
bei dir jede Nacht
und gibt auf dich acht.

Und wie ein Löwe, der nach seinen Jungen blickt, ist
METATRON
Auftrag geglückt!

::::: geht jetzt immer ganz allein ohne weinen abends in ihr
Bettchen allein.
Sie weiß dort wartet METATRON,
ihr Schutzengel,
und lächelt schon.

Wermke und Podstawka

Das Dino – Märchen

In einem Dinoland hinter den sieben Bergen und sieben Flüssen
und ganz lange vor unserer Zeit,
da lebte ein noch ganz kleiner T-Rex niedlich und lieb
und wurde Vincent genannt.
Er war ganz süß und kein Eier Dieb, wie viele dachten,
er fuhr nur auf seinem Fahrrad mit lauter" Achten",
so das ringsherum die Zweige krachten.
Vincent zog durch seine Welt
und rief:
„Ich mache nur das, was mir gefällt"!
Plötzlich knarrte und ächzte es zwischen
den Bäumen vor ihm
und vielen der Reihe nach um!
Vincent blieb vor Schreck stehen und ganz stumm!
Ein Berg von einem Lang - Hals-Dino,
Christopherus
genannt trat hervor und übersah fast den kleinen
Vincent!
Oh man, oh man!
Hey, wer wagt es mich zu stören?
Du? Du kleine Laus?
T –Rex erschrak und sprang zur Seite,
am liebsten wollte er schnell nach Haus!
Na na na, wer hat denn hier Angst?
Ich bin es doch nur,
der alte Lang-Hals.
Soll ich dir mal eine Geschichte erzählen,
von unserer Welt,
wie alles begann?
Nun hör mal ganz genau zu du kleiner Mann!

Auf unseren schönen Planeten Erde,
als es noch keine Menschen gab,
wuchsen die Bäume in den Himmel und
berührten die Wolken mit ihrem Laub.
Auf den Blättern saßen viele Käfer und
Leuchteten mit ihrem Po wie Sterne,
aber nachts waren alle Tiere darüber froh.

In der Luft schwebten Gleiter und Flieger, auch
Flugsaurier genannt,
sie stießen wie Pfeile zu Boden,
du wärest davon gerannt.

Heißer Wüstensand wo man Spiegeleier braten kann,
aber auch Flüsse glasklar,
mir Regenbogenfischen und die Ozeane voller Gefahr.

Haie und Wale wuchtig und schön,
so etwas hast du noch nie gesehen.
Libellen schwirren am Bach
wie kleine Segelflugzeuge.

Manchmal setzen sie sich auf deinen Kopf,
oder auf die Nase, oder Auge.
Er schüttelte und hopste, drehte sich im Kreis,
wollte die Krabbler loswerden,
ihm lief der Schweiß, aber sie hielten sich fest
und surrten vor Vergnügen, bis es ihnen langweilig wurde
und flogen weg.

Es sind keine Lügen!
Rumpel die Pumpel und
Weg war der Kumpel...
Hi   hi hi hi hi

Eines Tages ob du es mir glaubst oder nicht,
kam eine Mammut-Familie mir in Sicht.
Das Mammut-Mädchen

Celestine
war eine kleine freche Karliene.
Sie tobte herum, wollte nicht hören,
weder auf Mammut-Papa oder Mammut-Mama,
das war nicht gut und so passierte dieses Dilemma.
Sie lief und lief, schaute nur nach oben statt nach vorn,
ach dann stach sie sich an einem Dornenstrauch
in ihren dicken Kullerbauch.

Da war das Geschrei riesen groß,
da nahm sie ihre Mama auf den Schoß,
Papa-Mammut mit seinem Rüssel trompetete laut und hell
und schon kam eine riesen Krabbe zur Hilfe,
ganz schnell.
Mit ihren wuchtigen Scheren, zwei an der Zahl
beendete sie
Celestines
schmerzhafte Dornenqual.

Was sagt uns die Moral aus der Geschichte jetzt?
Immer auf Mama und Papa hören,
auch wenn es nicht
cool ist und fetzt!

Lang-Hals
Christophorus
Erzählt und erzählt bis zum Sonnenaufgang,
dem kleinen T-Rex
Vincent
war die Zeit dabei nicht lang.

In der Dunkelheit der Nacht
gab es Geräusche, worüber
Vincent
noch nie nachgedacht,
aber jetzt hört er genau hin,
ist dies eine Eule?
Die heult aber schaurig sagte

Vincent
traurig und dort der große Schatten etwa ein
Säbelzahntiger ist,
vielleicht auf der Jagd nach dem Triceratops
mit den großen Hörnern ,
auch als Nashornbekannt.
Am liebsten wäre er davon gerannt.

Christophorus
erkannte die schleichende Angst des kleinen Freundes
und erzählte weiter.

Schau zum Himmel dort leuchten und glänzen Millionen von
Sterne, die viel älter sind als alles hier auf der Erde.
Benutze deine Fantasie und male Bilder.
Was erkennst du?
Ich sehe einen Drachen der Feuer spuckt,
Dort ein fliegendes Einhorn,
dass sich am Flügel juckt.

Der Mond sucht dazwischen einen sicheren Platz.
Sein Licht erstrahlt im vollen Glanz,
als Geschenk der Sonne und die vielen
Insekten beginnen ihren Hochzeitstanz.
Vincent
Staunte sehr und von Furcht war keine Spur mehr.

Christopherus
wollte gerade fragen:
„Wo ist eigentlich deine Mama und Papa"?
Da ertönt ein Ruf aus dem Dschungel.
Gefahr!
Lang-Hals
Christophorus
und T-Rex

Vincent
Schauen in diese Richtung,
der Waldboden schwankt und erbebt und die lauten Rufe
kamen immer näher.

Christophorus
baut sich auf wie ein Turm und
Vincent
macht sich ganz klein wie ein Regenwurm.
Versteckte sich hinter Farnenbüschen und
wollte ganz leise entwischen.
Doch was war das?
Bekannte Laute wie von einem Kontrabass.
Natürlich es kann nur so sein, und weißt du was?
T-Rex Eltern erschienen im Mondenschein uns sahen voller
Freude und Glück den kleinen Ausreißer im Busch hockend.
Mit flehendem Blick.
Mutti, Papa ihr seid da!
Christopherus
war immer bei mir hat auf mich aufgepasst das war wunderbar.
Ich hatte keine Angst, nur bisschen Sehnsucht nach euch.
Kommt, gebt mir eure Hände
und so nahm die Geschichte noch ein glückliches Ende.

Als Beweis das alles wieder so ist, wie es vorher war,
macht einfach alle mit.
Wir singen gemeinsam vom Dino-Land hinter den 7 Flüssen und
den 7 Bergen ein.
LIED.

Wermke und Podstawka

Dino-Lied

Weit weit vor langer Zeit
lebte ein T-Rex im Dino-Land
zu großen Abenteuern immer bereit.
Furchtlos und frech, klein und keck
niedlich und lieb, kein Kinderschreck.
Von jedem Kind gleich wieder erkannt
wurde der Dino
Vincent
genannt.

Hay jo macht alle mit
tip tap im T-Rex –Schritt
Lang-Hals, Mammut und Krokodil,
keinem wird es je zu viel.
Hey jo wir sind dabei
alle fühlen sich Vogelfrei
sogar die Mammut-Eltern sind da,
die Party geht los wie wunderbar.

Das Mammut-Mädchen
Celestine
auch sie hat oft Unfug im Sinn.
Mammut Oma springt wie verrückt
dem Dino Opa aufs Genick.
Alle Käfer mit leuchtendem Po
sind so glücklich und so froh,
die Libellen fliegen wie ein Düsenjet,
alle finden
die Party ist nett.

Hay jo macht alle mit
tip tap im T-Rex –Schritt
Lang-Hals ,Mammut und Krokodil,
keinem wird es je zu viel.
Hey jo wir sind dabei
alle fühlen sich Vogelfrei
sogar die Mammut-Eltern sind da,
die Party geht los wie wunderbar

Die Geschichten und Lieder von

Frau Wermke
und
Herrn Podstawka

sind als CD erhältlich.

Dazu rufen sie Bitte die nachfolgende Nummer an.
Alles Weitere dann am Telefon!

Tel. - Nr.:

01776542004

Unsere Gute - Nacht - Geschichten

1.
Der Engel
METATRON

2.
Der kleiner
Elefant

3. DIE GESCHICHTE VOM DINO T-REX

Idee, Gesprochen und Arrangiert:
Christine und Christoph Podstawka

Möbius

Die Kur!

So eine Kur hat das Bestreben,
zu lindern dir so manche We-wechen.
Das Personal war wirklich nett
und zeigte dir auch gleich dein Bett,
das stand, in eines Zimmers Eck.

Der Duschraum war groß,
war nicht zu klein,
man passte mit, 'nem Rollstuhl rein.
Der Blick durchs Fenster war sehr nett,
man schaute direkt aufs Objekt,
wo dann 4 Wochen in Harmonie
beginnen wird die Therapie.

Die erste Anwendung,
mein lieber man,
da ging man kräftig an dich ran.
Ein Therapeut tat dich massieren,
du denkst, er will dich massakrieren.
Er fast dich am Kopf und Po
.schob dich zusammen
wie einen Embryo.
Mit einmal da hat es gekracht,
du denkst er hat dich halb gemacht.
Steigst du von der Pritsche dann, dass du noch lebst,
-ist schon ein Wunder.

Nun später noch, du kannst es glauben.
Musst du noch in ein Moorbad tauchen.
Du ziehst dich aus, bist nackelich,
die Schwester schaut, du schämst dich nicht.
Warum denn auch? - sie sieht es immer,
du stehst vor ihr,
wie Gott dich schuf.
Dann gab's ne Fußreflexmassege,
erhieltst sie von 'ner flotten Dame.
Sie streichelt dir dann jeden Zeh,
sehr angenehm,
tat nicht mal weh.

Auch Qigong, das kommt bestimmt aus China,
ist für den Körperaufbau prima.
Zwanzig Minuten diese Prozedur,
schaust ständig auf die Uhr.
Ob diese Anwendung nicht bald vorbei,
fühlst dich wie ein rohes Ei.

Möbius

Probleme unserer Zeit!

Wir leben in der Zeit der Pillen, wer keine nimmt!
Um Gottes willen!

Ich sag es euch ‚will's nicht verhehlen,
ihr tut sie schon sehr Lang einnehmen.

Kaum wacht ihr auf am frühen Morgen,
kommt ihr Pillen, macht euch keine Sorgen.

Ihr schluckt das bittere Zeug, fast stündlich auf den
Glockenschlag.
Denn was dem Blutdruck tut gut, die Leber in die Enge treibt.

Guten Appetit!

Heute

Keine Glaubensgeschichte

Was ich erzählen will, ist 75 Jahre her.
 Darum erst einmal ein bisschen was von den damaligen
Umständen.
Mein Vater hatte in Wernigerode bis 1933 Bäcker gelernt, in der
Zeit meine Mutter kennengelernt und dann keine Arbeit
gefunden. Also zogen sie nach ihrer Hochzeit und nach meiner
Geburt nach Magdeburg, wo er von einem Onkel bei der
Reichsbahn vermittelt wurde und dort auch einen festen
Arbeitsplatz mit Aufstiegsmöglichkeiten erhielt.
Mein Großvater war im ersten Weltkrieg umgekommen. Mein
Vater wiederum wurde 1937 wehrpflichtig und zum Wehrdienst
eingezogen, mit viel Glück in einer Kaserne ganz in unserer Nähe

zum Pionier ausgebildet, was wiederum Pech war. Denn als er im September schon mit Reserveparolen durch die Stadt gezogen war, wurde er bei Kriegsausbruch sofort mit an die vordersten Fronten geschickt: Polen, Frankreich, Slowakei, Rumänien, in dieser Reihenfolge, und schließlich Russland, wo er nur 8 Tage überlebte (26 Jahre alt).Nachdem die Nachricht von seinem „Heldentod" eingetroffen war, betrieb meine Mutter mit den Großeltern den Umzug wieder nach Wernigerode.

Ich hatte inzwischen die erste Klasse fast hinter mir. Noch zu Ostern des Vorjahres eingeschult, ging es gerade zum Zeitpunkt der Todesnachricht in die Sommerferien und gleichzeitig verlegte man die Neueinschulungen auf September. Ich wurde dann zunächst nach Berlin-Lichtenberg zu einem meiner zahlreichen Onkels geschickt und meine erste Schwester zu einer Tante nach Kassel. Die jüngste, gerade erst geborene Schwester blieb bei der Mutter. Von meinem Berlinaufenthalt weiß ich kaum noch etwas. Das Wichtigste für mich war später, dass mir der Onkel Willi, so hieß er, das Binden einer Schleife an den Schuhen beigebracht hat, sodass sie nicht mehr aufging und ohne Doppelknoten.

Ja und dann kam der erste Schultag in Wernigerode. Als erstes wurde allen Schülern der Klasse mitgeteilt, dass wir eine andere Schrift erlernen mussten, die arabischen Buchstaben nämlich. Vorher hatten wir noch die sogenannte Keilschrift. Dann wurde ich vom Klassenlehrer aufgefordert, mit ihm ins Lehrerzimmer zu kommen. Dort stellte er mir einige persönliche Fragen, wie Geburtstag, Adresse und so. Und dann kam die Frage, die ich vielleicht leichtsinnig, aber auf jeden Fall nicht gerade kenntnisreich beantwortete. Er wollte wissen, welcher Konfession ich angehöre. Ich blickte ihn an und fragte: „Was ist denn das?" Seine Antwort: „Ja, bist du katholisch oder evangelisch?"

Ja, was glauben Sie denn, verehrte Leser, was ich davon wusste? Ich dachte mir: „Katholisch … evangelisch?" Von der Kirche wusste ich was und meinte nun, dass freigläubig so etwas dazwischen sein musste und meine Antwort war: „Freigläubig." „In Ordnung „, sagte der Lehrer, „dann bist du vom Religionsunterricht befreit und kannst jetzt gehen."

Also hatte ich an einem Tag in der Woche immer eine Stunde früher Schulschluss. Auf diese Weise habe ich natürlich wenig über Religion gelernt. Das änderte sich erst, als ich mit 13 Jahren zum Konfirmationsunterricht angemeldet wurde. Ich muss aber hier gleich einfügen, dass ich zu dem Zeitpunkt schon Mittelschüler war und ein bisschen Verstand besaß. Trotz Fleiß und Lerneifer ordnete ich vieles, was dort gelehrt wurde, ins Reich der Märchen ein, mit Ausnahme der 7 Gebote, oder waren es 10?

Erst viele Jahre später, nach Konfirmation und Trauung und nach Studium des dialektischen Materialismus und parallel dazu der Bibel einschließlich des Alten Testaments, bin ich aus der Kirche ausgetreten und glaube, dass diese Entscheidung deshalb unvoreingenommen getroffen werden konnte, weil ich nicht als Kind mit den kirchlichen Dogmen geimpft wurde. Ich war übrigens vor meinem Austritt evangelisch und meine liebe Frau katholisch. Dass meine Gitta ebenfalls ausgetreten ist, hatte eher moralische Gründe. Aber ob ich ihre diesbezüglichen Erlebnisse auch mal schildere, weiß ich noch nicht. Ich kann sie leider nicht mehr fragen.

Also dann bis zur nächsten Geschichte.

Inhaltsverzeichnis

Die Autorinnen und Autoren
Lebenslauf

Niemand Manfred

Ich wurde 1936 in Darlingerode geboren, verbrachte dort meine Kindheit, ging dort bis zur 8. Zur Schule. Lernte dann den Beruf eines Elektromechanikers. Arbeitete 2 Jahre in dem Beruf und wechselte dann zur Volkspolizei. War dort nur im Innendienst tätig. Da ich ein Interesse an der Harzer Mundart habe, versuchte ich mich an einigen kleinen Geschichten.

Christine Podstawka: Geborene Zunder

Geboren am: 09.04.1956 in 06385 Aken an der Elbe

Beruf; Altenpflegerin in 06366 Köthen

Zum Schreiben gekommen: Ich habe früher mit meinen Töchtern als sie noch klein waren Geschichten erfunden, leider nicht mehr vorhanden. Jetzt tue ich gerne dichten und kreativ gestalten für die Enkelkinder. Es macht Freude etwas Besonderes zu schenken in einer hektischen technikorientierten Zeit.

Bisher noch nichts veröffentlicht.

Christoph Podstawka

Geboren am: 10.03.1950 in Zabrze (Polen)

Beruf: Berufsmusiker und jetzt Altersrentner

Als Musiker habe ich Lieder komponiert und für alle möglichen Anlässe in vielen Bands mit gespielt. Die Geschichten zu untermalen mit Musik macht viel Spaß.

Paul (PS)

Geboren in einem kleinen Ort in Sachsen-Anhalt. Nach seinem Berufsleben hat er sich wieder dem Schreiben gewidmet. Dies ist nunmehr bereits sein 4. Buch. Weitere Werke sind in Vorbereitung.

Marianne Högemann

Geboren am: 08.03.1953 in Mannheim –Waldhof

Beruf: Kinderpflegerin

Zum Schreiben gekommen: Mit meinen Kindern habe ich viele Geschichten erfunden und aufgeschrieben. Durch mehrmaligen Umzug ist leider sehr viel verloren gegangen.
 Zum Veröffentlichen ist es nicht gekommen.
Die Geschichten wurden nur als lose Blattsammlung herumgereicht.

Klaus Stricker

Geboren am: 10.05.1940 in Leipzig.

Beruf: Diplomingenieur und tätig gewesen als Transportingenieur.

Zum Schreiben gekommen: durch meinen Aufenthalt in der Seniorenwohnanlage in Darlingerode. Dort in der Schreibwerkstatt mitgearbeitet. Die kleinen Geschichten sind nur der Anfang, Es werden weitere folgen.

Dieter Möbius

Geboren am: 07.12.1932

Beruf: Bäckermeister
        dann als Heimleiter viele Jahre um die Belange der
        Urlauber gekümmert.

Zum Schreiben gekommen: durch Familienmitglieder. Nach der Wende verstärkt tätig geworden. Kleinere Veröffentlichungen in der lokalen Presse. Diese Form, an die Öffentlichkeit zu treten, ist das erste Mal. Weitere Veröffentlichungen werden folgen.

Werner Heute

Geboren am: 19.12.1933

Beruf: Ich war in der Leitungsebene eines Industriebetriebes
bis 1991 tätig. Danach Vorruhestand und Rentnerdasein.

Zum Schreiben gekommen: Zum Schreiben bin ich im Jahre 2017
gekommen. Da habe ich mich mit einigen Kurzgeschichten das
erste Mal an die Öffentlichkeit gewagt. Nun werde ich diese
Tätigkeit weiter ausbauen.